短篇集　こばなしけんたろう　改訂版

小 林 賢 太 郎

幻冬舎文庫

短篇集

こばなしけんたろう

改訂版

本文デザイン
鈴木千佳子

目次

「バカそうだから。自分より頭悪いやつ見て安心したいから」

「Hnhn～」

絵を描くことは得意だけど、流行には無頓着だ。オシャレが好きなクラスメイトからは、いつもバカにされている。

「おい、デッさん。なんだそのTシャツ」

「お、お土産にもらったんだよ」

「だせえんだよ。脱げ」

「Hnhn～」

「ほれ、下も全部脱げよ」

「Hnhn～」

この「Hnhn～」というのは、僕が発明した言葉だ。「へ」と「ふ」の間くらいの音を、半分息が抜けるような声で、わざとヘラヘラ返事をする。これは「はい」でも「いいえ」でもなく、そのコミュニケーションが意味をなさないようにやり過ごすためのテクニック。最下層の住人ならではの、生きる知恵ってやつだ。

唯一の友達は、津村かねき、カネキン。カネキンは、ロボットオタク。いつもノートに創作ロボットの絵を描いている。カネキンは金属っぽい質感の絵を描くのが得意で、彼の描くロボットは、必ずサイバーブルーメタリックだった。どうやらセンスが小学5、6年生で止まっている。僕は美大を目指しているけど、カネキンはロボット博士を目指している。僕は、カネキンのことを、最下層の中でも僕より少し下だと思っている。

僕は放課後、美大受験予備校というものに通っている。美大に進学したい高校生や浪人生が、デッサンを学ぶのだ。ここにはいろんな学校の生徒が来る。始めるタイミングもみんなバラバラ。あえて予備校を転々とする、というやり方もある。僕の目指している神奈川美術大学は難関で、三浪四浪はザラだ。

放課後、学校から予備校に直行する日もしばしば。だからデッサンに使う道具を学校に持ってきてることもある。今日は、カルトンを担いでいた。カルトンは、デッサンのための大きな画板で、なかなか邪魔な代物。僕はいつも、教室の後ろにある掃除用具ロッカーと壁の間にしれっと収納させてもらっている。だから、クラスのみんなは僕が美大受験予備校に通っていることを知っている。知ってはいるけど、触れてはこない。みんな、僕のダメなところには興味があるけど、僕の得意なことには興味がないんだ。僕のくせに、みんなより優れているところがあるというのが、みんな気に食わないらしい。みんなめ。

うちの学校にも、ある程度の不良グループがいる。不良は自分勝手だから嫌いだ。不良グループのひとりに、同じクラスの藤沢くんというやつがいた。藤沢くんとは話をしたことはない。つまり、藤沢くんにはバカにされたことがない。でも僕は、不良だから、という理由で避けていた。

そんな藤沢くんが、めずらしく話しかけてきた。

「なあ、デッさん」

「な、なあに？」

「絵、描いてくんねえか」

「え!?」

彼は雑誌を持ってきて、僕に見せた。日本中の不良が憧れる硬派な俳優、荒木アキラの映画の広告だ。自分のノートの裏表紙にその荒木アキラの絵を描いて欲しい、ということだった。

「ああ、別にいいよ」と言って、僕はノートを預かった。

僕が不良から頼られることがあるだなんて。もし気に入ってもらえなかったら殴られるんだろうか、などと思いながら、かなり時間をかけて必死に描いた。

そして翌日。

「あ、例の絵、軽く描いてみた。はい」

と言って、藤沢くんにノートを渡した。すると藤沢くんは、絵の出来栄えを見て目を丸くした。

「すげー！　やっぱさすがだなあ！　お前天才だよ。将来は有名画家だな。ありがとな」

「う、うん」

僕は、心の底から嬉しかった。みんなが恐れる不良の藤沢くんが、僕を認めてくれたんだ。しかも、みんなに聞こえる大声で。そのあとも藤沢くんは、そのノートを他のクラスの不良仲間に自慢していた。

「これ、俺の友達のデッさんってやつが描いてくれたんだよ。すげえべ」

藤沢くんが、僕のことを「友達」って言った。胸が高鳴った。今までこんなに「絵が上手くてよかった」と思えたことはなかった。

しかしこの数日後、さらに「絵が上手くてよかった」と思える、桁外れの出来事が起こることになる。

学校からの帰り道。信用金庫の大きな窓ガラスに自分の姿がうつっているのだが、僕の後ろに誰かがもうひとりうつっている。振り向いても、実際には誰もいない。でもガラスには確かにうつっている。まるでお化けみたいな話だけど、どういうわけだか全然怖く感じない。僕は窓ガラスの中のその人に話しかけた。

「なんですか？」

「キャンペーンのお知らせでーす」

「なんの？」

「自画像世界でーす」

「自画像世界？」

「そうでーす」

「……誰なんですか？」

ガラスの中の男は、自分を「スガタミノカミ」という神様だと名乗った。見た感じ30代くらいの歯並びの悪いおじさん。ブカブカの割烹着みたいなのをずっぽりと被っている。裸足で、地面から70センチくらい浮いていた。

「明日っから、人間の姿が更新されまーす。どんな姿になるかは、各自で決めてもらいまーす。専用の画用紙を配布いたしますので、自分のなりたい姿を、絵に描いてくださーい」

スガタミノカミは、世界中の鏡やガラスなど、自分の姿がうつるところに現れては、人々にキャンペーンを告げた。そして、空から白くて分厚い画用紙が降ってきた。僕は自分の部屋に一枚持ち帰り、机に置いた。

「どうする。まず、信じるのか。何を？　あの神様の存在を？　いや、存在は確かだ。会話までしたんだから。ではその自画像世界とやらを？　この紙に描いた姿に、明日からなる？まさか。でも、これを信じないであの神様とやらの存在だけ信じるというのもアンバランスだ。よし、乗っかろう！」

僕は、いつも使っているステッドラーの濃いめの鉛筆をカッターで長めに削り、自分の理想の姿を描き始めた。「たくましくてかっこいい男がいいな」どんどん手が動いた。本当にその姿になれるのかどうかは、途中から関係なくなっていた。いじめられない、バカにされない、自分のなりたい理想の姿を、時間を忘れ、夢中になって描いた。描いて描いて、気がすむまで描いて、鉛筆を置いた。

「明日から僕はこうなるのか。最高じゃないか」

半信半疑ながらも、楽しかった。

最後にいちおう慣れ親しんだ元の自分の姿を見ておこうと、鏡の前に行った。しかしそこには、もう元のへなちょこな自分はいなかった。鏡の中にいるのは、鉛筆でしっかりと描き込まれた、たくましくてかっこいい男。

「これが……僕……。これが……僕が描いた僕なんだ！」

時計を見ると、深夜12時を過ぎていた。

翌朝。やはり夢ではなかった。鏡の中には、自ら描いたとおりの新しい自分。

居間に行くと、そこには家族がいた。家族もまた、それぞれが描いた自画像になっていた。

父は、ずいぶんシンプルになっていた。母は、か細い線で、薄い。妹は、ギャグ漫画みたいになっていた。

「描いてあげればよかったかな……」なんて思ったが、三人とも新しい自分の姿を嫌がっている様子もないし、まあ、いいか。

「ヤスオ？　あらー、ずいぶんかっこいいじゃない」と、薄い母。

「え!?　お兄ちゃん!?　全然違うじゃん！」と、ギャグ漫画な妹。

「お前、そんな風になりたかったのか」と、シンプルな父。

「まあ、なりたかったっていうか、たまたま、うん、雑誌かなんかを見ながらなんとなく描いてたら、たまたま資料にした写真がこんな感じのだったから、まあ、なんも考えないで描いたら、うん、なんか、たまたまこうなった」……ってことにした。

今日は平日だ、学校に行かねば。筋肉ですっかりサイズの合わなくなった制服を着て、外に出た。なんということだ。絵だ。みんな絵だ。みんな、昨日自分で自分を描いたんだ。それはそれは異常な自画像世界だった。

バス停は、もう面白くってしょうがなかった。劇画調になってるサラリーマン。完全に顔が猫のOL。バスの運転手の顔は丸い板状で、真ん中に大きく〝織田〟と書いてある。この人はきっと絵に自信がなくて、画用紙にハンコを押したんだ。

人間以外はこれまでどおりの世界。街も、車も、木々や鳥たちも普通。けれど、街路樹の上にいる一羽の鳥だけが、絵だった。そうか、あの紙に鳥の絵を描けば、鳥の姿にもなれたのか。あの人は、鳥になりたかったんだろうか。というより、人間でいることが嫌だったのかもしれない。だとすれば、その気持ちは少しわかる。墨でさらりと描かれたその鳥は、このおかしな世界を静かに眺めていた。

学校が近づくにつれ、僕は不安になっていった。元の僕を知っているクラスメイトからは

「自分のことカッコよく描き過ぎじゃねえ!?」とか「自意識過剰かよ！」とか「デッさんのくせに！」とかって、バカにされるんじゃないだろうか。

ところが、そうはならなかった。教室に到着して、あたりを見回すが、もう誰が誰だかわからない。僕の自意識がどうとか、そんなことは誰も気にしてなかった。みんなそれどころではないのだ。みんな、ただただ自分の描いた姿を気に入っていないのだ。それはそうだ。容姿を気にする思春期の学生たちが、全員絵が上手いわけがない。

みんなが僕を褒めてくれた。

「お前、デッさんかー。絵が上手くてよかったなあ」「かっこいいよね」「うん、うらやましいわ」

生まれて初めての優越感だった。

そんな中、窓際の席に、ものすごくかっこいいロボットがいた。色はサイバーブルーメタリック。流線型で、実に未来的。間違いない。カネキンだ。とうとうロボットになれたんだ。

「お前、カネキンだろ？」

「ウィイイイン」

ロボットの首が１８０度回転して、こっちを向いた。

「だれ？　あ、デッさん!?　おー、やっぱ絵、うめえなー」

声はロボットじゃなく、カネキンのままだった。そういや登校中に、別のアニメのロボットも何体か見かけた。憧れのヒーローの姿を選んだやつらもわりといるようだ。

先生が教室にやってきた。先生の顔は、へのへのもへじだった。みんなが先生を見て笑った。先生も、への字口を逆に反らせて笑った。

放課後、美大受験予備校にやってきた。見渡すと、美男美女ばっかりだった。そりゃそうだ。ここは「絵が上手い」だけで生きてきた連中の集まりなのだ。彼らにとって今回のこの自画像世界は、嬉しすぎるキャンペーンだった。

みんな、自己紹介をしなくても、誰が誰だかなんとなくわかった。絵のタッチというのは、絵を描くものにとって、わりと違いが明確なのだ。

そんな中、今日からこの美大受験予備校に入ってきた女性がいた。美人だった。僕は、こんなに美しい人を見たことがない。つまり、彼女は最高に絵が上手い、ということになる。きっと美大にも合格するだろう。

気が大きくなっていた僕は、勇んで自己紹介した。

「こんにちは、はじめまして。みんなからはデッさんって呼ばれてます」

この予備校ではみんなニックネームで呼び合っていて、本名を知らない人もザラだった。けれど、彼女はきちんと自分の苗字で自己紹介をした。

「出町柳です。私、今日からなんで、いろいろ教えてください」

僕は、くらっくらになった。僕は出町柳さんと仲良くなりたくて、必死に話しかけた。

「いやー、お互い、絵が上手くてよかったですねえ」

「いやいや、私なんかまだまだです」

「またまた。顔、すごく美人に描けてるじゃんか」

「ええー、恥ずかしいよー」

なんだなんだ？　トークが弾んでいる！　いい感じじゃないか！　これまでの人生で、女性にまったく縁がなかった僕。免疫がないぶん、その反動は巨大だった。頭の中は出町柳さんでいっぱいになった。

夜、家に帰ってきて、僕はずっとテレビを見ていた。自分よりかっこいい人を探したのだ。いけてる。僕はいけてる！　多分、全人類の上位1％に入っている。これだけかっこよければ、出町柳さんと釣り合うんじゃないだろうか。もしかしたら、お付き合いできるんじゃないだろうか。下の名前はなんていうんだろう。僕の田という苗字に当てはめて、変にならないだろうか。ここここ、これが、ここここ、恋というやつか！

テレビをつければ、扱われている話題は、やはりこの自画像世界のことばかり。かっこよかった俳優やモデルたちは、のきなみ変な顔になっていた。かっこいい自分を描こうとした必死さが、元美形の人たちの筆遣いから伝わってきた。見た目を商売道具にしてきた人たちにとって、これは死活問題。引退を表明したアイドルも多かった。いっぽう、お笑いタレントの皆さんはとても面白かった。下手なら下手で盛り上がってたし、上手けりゃ上手いで「うめえなおい！」って笑ってた。お笑いって、やっぱりすごい。

自画像世界というルールは、他にもあらゆる職業の人に降りかかっていた。中でも政治家は大きな打撃を受けた。彼らは一気に信用を失っていた。みんな本当に絵が下手だったのだ。当たり前と言えば当たり前だ。今まで、絵の上手さなんて政治家になるのに一切必要なかったのだから。大臣がどんなに立派なことを言っても、顔が面白くて笑ってしまう。なんやかんやあって、内閣は総辞職。改めて総選挙が行われた。選挙ポスターの掲示板に並ぶ、たくさんの自画像。街は楽しい美術館となった。結果、見た目もなかなか信用できそうな新内閣が発足した。しかし、上手くいくわけがなかった。国の指導者たちの実力が、絵の上手さに左右されるなんて、土台おかしな話なのだ。国は大混乱。世界は、またたくまに破綻していった。

僕は学校が終わると、猛ダッシュで予備校に行くようになった。もちろん、出町柳さんに会いたいからだ。

ひとつの部屋に、十数名の受講生たちがデッサンをしている。顔も自分で描いた絵。絵が、絵を描いている。なんとも奇妙な光景。

出町柳さんは、いつも僕のデッサンに感心してくれた。

「上手いなあ」

「いやいや、君こそ」

彼女もまた、デッサンがすごく上手い。このままずっと二人でならんで絵を描き続けていたいと、心から思った。

僕は出町柳さんの前では饒舌だった。

「なんか最近の芸能界ってつまんないよねえ、だから芸能人はダメなんだよ。それに、政治の世界も大変そうだねえ。だから政治家はダメなんだよ。まあ、僕も出町柳さんも、絵が上手だからよかったけどねー」

「うーん。絵が上手ならいいのかな」

「そりゃあ自画像の世界なんだから、上手い方が得じゃん。かっこ悪いより、かっこいい方が上じゃん。出町柳さんは、本当にきれいだと思うよ」

出町柳さんから返事がないことで気がついた。僕は、いやなやつになっていた。

絵が上手いだけで、何が偉いというんだ。そんなこと、それ以上でもそれ以下でもないんだ。自分のコンプレックスだった部分にフタがされただけで、全てを手に入れた気になって、その価値観に支配されていた。見た目が変わったって、中身は変わらないんだ。出町柳さんは、僕なんかよりずっと大人だった。

ニュースに、なにやらロボットの集団が映った。「ヒーロー党」というプラカードを掲げ、国会議事堂の周りをガッシャンガッシャンと練り歩いている。その中に、見覚えのある流線型の青いやつがいた。カネキンだ！

「この先行き不安な新世界に、今こそ正義の鉄槌を！　もう人間には任せておけません！この国の平和は、我らヒーロー党にお任せください！」

そこへ警官隊が突入。いろいろ変形したり、技の名前を叫んだりしながら抵抗するカネキンたち。また警官隊も警官隊で、案外ヒーロー率が高いので、もう何が何だかわからない。永田町、大パニック。

僕はテレビに映るカネキンの様子を、食い入るように見つめていた。自分のことしか考えてない僕と違って、カネキンは社会を良くしようと自ら行動している。

「かっこいい……」

心の中でカネキンを下に見ていた自分を本当に恥ずかしいと思った。

国会議事堂のてっぺんから、一羽の鳥が世の中を眺めていた。墨でさらりと描かれた、あの鳥だ。鳥になることを選んだ人は、人間社会がこうなることを予測していたのだろうか。そうでなかったとしても、今、あの鳥から僕たちはどう見えているのだろうか。

カネキンが発射したロケットパンチが、天高く舞い上がり、例の神様のところにまで届いた。

「おいおいー」

このままでは、世界が滅亡してしまう。そう判断した神様は、キャンペーン終了のお知らせを出した。

「どーもー、スガタミノカミでーっす。半年ぶりだねー。明日っから、ぜーんぶ元どおりにするからねー。お疲れ様でしたー」

次の朝、僕は、もとのへなちょこにもどっていた。

通っていた予備校をやめて、家から逆方向の違う予備校に通い始めた。理由は、出町柳さんに本当の自分の姿を見られたくなかったからだ。

政治も、経済も、芸能人も、家族も、バスの運転手の織田さんも、ぜーんぶ元どおり。平和で居心地の悪い日常が、再び始まった。いつものようにカルトンを担ぎ、いつものようにバスで邪魔がられた。

学校に到着する。以前とはなんだか雰囲気が違う。僕をいじめていたメジャーグループのひとりが、カルトンを掃除用具ロッカーと壁の間に差し込む僕に言った。

「デッさん、今日も放課後は予備校に直行か。美大受験、頑張ってな」

今回のことで、みんな絵を描くことの難しさを痛感したみたいだ。

窓際で、カネキンがなにかを一生懸命描いている。しかし、絵がいつもと違って青くない。カネキンが描いているのは、絵じゃなくて図だった。

「おはようデッさん！　見て見て。設計図描き始めたんだ！　俺、マジでロボット作るから！」

設計図の隅には〝変形は故障の元〟とか書かれていた。

不良の藤沢くんが、話しかけてきた。

「おい、デッさん、聞いてくれよ。俺さあ、自画像申告の画用紙に、お前が描いてくれた絵を貼り付けて、まんまと荒木アキラの姿になってたのよ！　ところがどうだい、急に元どおりだぜ。がっかりだぜおい」

「荒木アキラさん本人は、どんな姿になっていたの？」

「それがよお、あの人、書道やるからよお、墨でさらりと描いて、鳥になってたんだってよ。つく〜！　そういうとこだよな！　そういうとこ！」

藤沢くんは、楽しそうだった。


あれから1年半、僕は一生懸命努力して、神奈川美術大学に現役で合格できた。絵画専攻クラス。僕はここから、絵描きとしての人生を歩むんだ。

クラスメイトに、すごい美人がいた。なんと、あの出町柳さんにそっくりだった。でも、今度は絵じゃない。生身の女性だ。しかも驚くべきことに、彼女は自己紹介でこう言った。

「出町柳といいます。宜しくお願いします」

本人だった。彼女は、本当にあの姿のままの美人だったのだ。ただ素直に、上手に、自画像を描いていたんだ。嘘の美人を描いていたんじゃなかったんだ。

僕はまた会えた嬉しさに、涙が出そうになった。「久しぶり！　あのときのデッさんだよ！」って、言いたかった。けれど同時に、すごく恥ずかしい気持ちになった。彼女に比べて、僕ときたらどうだ。へなちょこな自分を隠して、必死にかっこよく描いていたじゃないか。

彼女は僕の本名を知らないはず。僕は自己紹介で「田んぼの〝田〟と書いて、デン。田ヤスオといいます」とだけ言って、「デッさん」というあだ名があることは隠した。あのたくましくてかっこいい「デッさん」の正体が、こんなへなちょこりんな僕だなんて、彼女にバレるわけにはいかない。

大学構内に、自由にデッサンができるホールがあった。天井が高い八角形の部屋で、様々な石膏像が並んでいる。

放課後、僕はイーゼルにカルトンを立てて、かっこいい石膏像、マルス全身を描き始めた。楽しかった。やっぱり僕は絵を描くのが好きだ。

もうこの校舎には僕しかいないと思っていたら、背後から声をかけられた。

「上手ですね」

出町柳さんだった。

「あ、どうも」

「あのさあ、田さん、だっけ」

「はい、そうですけど」

ドッキドキだった。頭の中は、たくさんの思いでぐちゃぐちゃだった。どうしよう、会えて嬉しい。どうしよう、バレたくない。どうしよう、あのときの僕と今の僕とは違うんだ。どうしよう、出町柳さんと出会ったあの頃、自画像だったあの頃、出町柳さんと過ごした時間は本当に幸せだった。どうしよう、出町柳さん、出町柳さん、出町柳さん、出町柳さん、……大好きだ！

次の瞬間、僕の聞きたくなかったセリフと、彼女が言ったセリフが、完全にシンクロした。

「田さんってさあ……デッさん、だよね」

気を失うかと思った。まず「バレた！」というショックに飲み込まれ、その後2秒くらい「僕を覚えていてくれた！」という喜びが訪れ、またすぐに「バレた！」というショックに戻った。

「久しぶり。元気だった？」

「はい。元気です」

僕はなぜか敬語だった。

「出町柳さん」

「ん？」

「なんでわかったの？」

「絵で、なんとなく、そうかな、って」

「出町柳さんは、あのときの姿、本当に自画像だったんだね。僕、全然違うでしょ」

「うん。でも、相変わらず上手いなあ。ねえ、描いてるとこ見ながらおしゃべりしてもいい？」

「え、いいけど」

出町柳さんは僕の描く絵を、僕の後ろから見ながら、気さくに話しかけてくれた。このとき、出町柳さんが二浪してたことを初めて知った。つまり彼女は、二つ年上だった。下の名前は「マリ」だった。

「同じ美大に合格して同じクラスになるなんて、びっくりだよね。予備校、急にやめちゃったから、どうしてるのかなって思ってたんだよ」

僕は、何も言えなかった。だって、やめた理由は、彼女に合わせる顔がなかったからなんだから。

しばらく沈黙が続いた。僕はなんだか、いろんな感情が溢れ出して、泣けてきてしまった。

そして、とうとう立ち上がってこう叫んだ。

「出町柳さん！　僕はずるい人間です！　自分を良く見せようと、あんなにかっこよく、嘘の自画像を描いたんです！　ごめんなさい！」

出町柳さんは、少し驚いたような顔をしたけど、とても優しく応えてくれた。

「あやまることないよ。違う自分になりたいって思うことくらい、誰だってあるじゃん」

「でも、出町柳さんは違ったじゃないか。本当にきれいな自分の姿を、ただ正確に、自画像に描いてた。僕は最下層なんだ。出町柳さんは、僕よりずっと上の世界の人だ」

「ねえ、デッさん」

「はい」

「デッさんは私よりデッサンが上手いよ？　だったら、デッさんは、私より、上の世界の人？　私は、デッさんより下の世界の人？」

「いや、そういうわけじゃ」

「じゃあさ、上とか下とか、いちいち当てはめないでくれる？」

ズドーンと視野が広がった。そうなんだ。僕は自分より優秀な人に勝手に怯えていたんだ。コンプレックスを盾に、勝手にカースト制度を作り上げていたんだ。

「泣いてる大人の男の人、初めて見たよ」

「僕は全然大人じゃないです」

「あ、デッさんは現役で合格したから、まだ未成年か」
「それもそうだけど。そういうことじゃなくて」
そして、出町柳さんからの衝撃のひとことをくらった。
「私お腹すいちゃった。ねえ、一緒にご飯行かない？」

あれから5年の月日が流れた。僕たちは無事に大学を卒業して、僕は大学院へ進学、彼女は美術系の出版社に就職した。学生時代、姉と弟みたいだった僕たちは、いつのまにか交際することになった。今、彼女は僕を「デッさん」と呼び、僕は彼女を「でっちゃん」と呼んでいる。

あの自画像世界の半年間の記録は、今や社会科の教科書に載っていて、オイルショックとかバブル崩壊みたいな感じで扱われている。スガタミノカミ様は反省したらしく、もう姿を現していない。

彼女の仕事のおかげで、やたら展覧会のチケットが手に入る。今日のデートは、国際ロボット博覧会。

カネキンのロボットはとっても進化していたけど、色はやっぱりサイバーブルーメタリックだった。

ンンーン王国

機内誌
「空のスカイ」
特集記事

女優　森野ねりが行く、
ンンーン王国
～300年の
鎖国がもたらした、
独特の感じ～

この機内誌を機上でお読みのあなたは、ンンーンに向かっている、あるいはンンーンから帰っているところかもしれない。

今ではこうして普通に旅行を楽しむことができるンンーン王国も、かつては鎖国をしていた。

そして記憶に新しい、あのインパクトある開国宣言。国王による「もっと日本みたいになりたい！」は、世界の流行語になった。

今、神々の島ンンーン王国は、私たちに何を伝えようとしているのだろう。

女優の森野ねりさんと旅に出た。


（取材：赤瀬とも子／撮影：栗林英心）

女優　森野ねり、ンンーンに降り立つ

今回の旅人は、かねてからンンーンに興味があったという、女優の森野ねりさん。「日本の映画も公開されているとのことなので、私たちの作品がどのように受け取られているのか、ぜひ聞いてみたいです。それと、食べることが好きなので、地元のソウルフードなんかにも出会えたらいいな」

なるほど、森野さん。それではじっくりと、ンンーンの魅力を体験していただこう。

羽田から直行便でたったの4時間。朝の便に乗って、ンンーンの空の玄関口、ンンーン国際空港に、お昼に到着した。イミグレーションカウンターの通路に、なんと日本語で「ようこそ」の文字。さすが、日本大好き国家。「Iahssari!（イアーッサリ！）」ンンーン語で「いらっしゃいませ」。Tシャツに袴姿で元気に出迎えてくれた女性が、今回のコーディネーター、ニニアンナさん。名刺には「日本語通訳／コーディネーター」そして名前の表記が「Ninianna／荷荷杏奈」。ンンーン語と、当て字の漢字。

「ユウチャン、ッテ呼ンデクダサイ」なんて、とても流暢に日本語を話すニニアンナさん。ンンーン語がわからない我々も安心だ。「ユウちゃん」というのはニニアンナさんのあだ名で、理由は顔が石原裕次郎に似ているからだそうだ。ンンーンの人々は日本の映画が大

好きで、日本人の俳優をよく知っている。「森野サン、主演映画『女銭形平次』観マシタヨー」と、ニニアンナさん。「あ、それ私じゃないです」と、森野さん。さあ、旅の始まりだ。

空港から市街地へはバスで移動。森野さん、ンンーンっ子の気分を味わう

バスの車両は主に、日本の中古車。私たちが乗ったバスには「イオン」と書いてあった。ンンーンのバスは、どこでも好きなところで降りられる。「ここで降ります」はンンーン語で「Usamiro edokok（ウサミロ、エドコク）」。これを運転手に言うと停車してくれる。森野さん、さっそく挑戦することに。「ウサミロ、エドコク」「ウサミロ、エドコク！」バスの揺れが激しく、かなり大声で言わなければ聞こえない。「ウサミロ、エドコク！」「ウサミロ！　エドコク！」やがてバスは停まった。

「森野さん、ンンーン語、難しかったですか？」

「私はただ、コーディネーターさんがカタカナで書いたメモを読んだだけなんで、ンンーン語が難しいも何も。ていうか、地元の人は車内のチャイムでバス停めてましたよね。記事にするエピソードつくりたいのはわかりますけど、現地のルールに合わせませんか？」

我々は、ンンーン語を使いこなす森野さんの語学力に驚かされた。

　そろそろお昼どき。森野さんに日本から持参したおにぎりをわたした。

「え？　地元のものは食べないんですか？」と森野さん。食へのこだわり、さすがです！

森野さん、ンンーンの深い歴史に感動

バスの猛烈な揺れに耐えること2時間。首都ンンーン・シティに到着した。

やってきたのはンンーン開国記念館。ンンーンが鎖国をスタートさせた時期は、江戸時代の日本の鎖国とほぼ同じ1630年代。しかしここから開国に至ったのは、日本のそれよりさらに100年遅れてのことだ。およそ300年間、ンンーン王国は、他国の文化の影響をほとんど受けず、独自の成長を果たした。

　この記念館には、そんなンンーンの貴重な歴史的資料が展示されている。

・1954年の国王による開国宣言で使用された、開国宣言書。（A4サイズ1枚）
・開国記念日に発売された記念切手1枚。
・記念館の館長の娘が小学校で描いたエビの絵1枚。
・国王が日本旅行に行ったときの広島土産、「開国」と書かれたしゃもじ1枚。

の、全4点。この日は日曜日で開館していなかったが、入り口に展示物の写真が貼ってあったので、それを見た。

森野さんに、ンンーンの歴史への想いを聞いてみた。

「すいません。バスの揺れでちょっと。少し座ってもいいですか」と、森野さん。

歴史の深さに胸を打たれたようだ。

首都ンンーン・シティは、なんと札幌と姉妹都市

日本大好きなンンーン・シティの市長さんが、ンンーン島の形が北海道に似ているといえば似ている、ということから、首都ンンーン・シティと札幌は姉妹都市であると言い張りはじめた。これを聞いた札幌市長は「まあ、いいんじゃないですか？」ということで、昆布などの乾物をあげた。調子に乗ったンンーン・シティの市長からは、ンンーン名物のつるつるの棒が贈られた。何に使うものなのかはわからない。今どこにあるのかもわからない。

今回の旅人、女優の森野ねりさんに聞いてみた。

「森野さんは札幌ご出身でしたよね」

「いえ、私、東京出身です」

「札幌出身の森野さんとしては、ンンーン・シティが札幌と姉妹都市って嬉しいですよね」

「私、東京です」

「札幌からはいつ上京したんですか？」

「無理にエピソードつくるのやめません？」

道産子森野さん、ンンーンとの不思議なご縁に、感無量のご様子だ。

魅惑の屋台街、ンンーン夜市

日が暮れてきて、いよいよ活気づくのが、ンンーン夜市と呼ばれる屋台街だ。たまたまこの日は日曜日で一軒もやってないが、やっていれば衣類から日用品まで、なんでも揃う。やっていればグルメも充実しており、今日はやってないが、とくに麺類はおすすめだそうだ。今日はやっていないので、森野さんには日本から持参したパンをわたした。

気になるお味は？　森野さんに聞いてみた。

「はい。知ってるカレーパンの味がします」

森野さん、大満足のご様子だった。さすがは日本の袋パン。ンンーン人が日本を好きになるのもうなずける。

値段交渉もお土産のうち

ンーンで買い物をしていると、日本語で話しかけてくる店員さんもいる。

この日はどの店も閉まっていたが、大通りの一角にある、地元の人は絶対に立ち寄らないような、完全に観光客向けのお土産やさんで、ショッピングを楽しむことにした。森野さんは、お店の人と交渉。けっこうもめた末、300万ンーンのお土産品を、250万ンーンに値切ってもらった。1000ンーン≒1円だから、3000円が2500円になったという計算。

「森野さん、値切ってもらえましたね。お見事でした」

「値下げの交渉してくださいって言ったのライターさんじゃないですか。私は別に、ぜんぜんお金も持ってきてるし、そのままの値段でよかったんですけど。で、今買ったこのつるつるの棒は、いったい何なんですか？」

森野さん、さすがお買い物上手だ。さて、旅の初日はここまで。

自然と共に生きる人々

二日目、朝から雨。ンンーンでは、どの家にも屋根の上に水瓶が載っていて、空に向かって口を開けている。こうして雨水を生活用水に利用しているのだ。スケジュールの都合で森野さんは昨日の夜帰ってしまったが、エコ派でロハスな地球環境保護大好き人間の森野さんなら、きっと感心したことだろう。

さあ、いよいよ今日からは全てのお店が通常営業だ。グルメ、買い物、思いっきり楽しんでまいりましょう！

ンンーン名物、世界最大の魚を、世界的に希少な香辛料で調理した、世界3大おもしろ料理の一つを食す！

ここは首都ンンーン・シティで大人気のレストラン『Uodukoys（ウォド

ゥコイス)』。観光客向けというよりは、地元民に愛されている食堂だ。こういう店に入ることが旅の醍醐味。名物料理をさっそくいただくことにした。スケジュールの都合で森野さんは昨日の夜帰ってしまったが、きっと彼女なら「この魚は国旗のデザインにもなっているし、まさにンンーンのソウルフードですね！　こんなにお腹いっぱい食べて、ひとりたったの2万5000ンーンですか？　日本円でおよそ25円ですよねー？　すごい！」と言ったことだろう。

世界遺産、ンンーン寺院

古都ンンーン・シティの雰囲気たっぷりの街並みをぬけると、そこには広大なンンーン広場。奥には世界遺産のンンーン寺院が見える。300年の鎖国の中で育った独自の寺院建築は、まさに圧巻。

スケジュールの都合で森野さんは昨日の夜帰ってしまったが、きっと彼女なら「若者文化の日本化が進んではいるが、こういったンンーンの文化や伝統に触れると、やはり歴史の深さを感じます。そうそう、この寺院は回廊になっていて、東西南北にそれぞれ窓があるが、なぜか少しだけ方角がずれている。実は、一年の中で最も日照時間が長い日にだけできる光の筋が、ちょうど王の間を照らすようになってるなんてすごいですよね」と言ったことだろう。

国王様との対面

ンンーンは開国以来、日本の文化を積極的に取り入れている。とくに日本映画は人気があり、スケジュールの都合で昨日の夜帰ってしまった今回の旅人、森野ねりさんは、ンンーンでも大人気だ。コーディネーターのニニアンナさんが観光庁の方を通じて王室に働きかけてくれて、なんとンンーン国王様が、日本の映画スター森野ねりさんとの面会を許してくださることになった。スケジュールの都合で森野さんは昨日の夜帰ってしまったので、私ライターの赤瀬とも子と、カメラマンの栗林さんと、ニニアンナさんとで王宮に向かうことに。王様はとても気さくな方で、専属の通訳の方を通じてお話をさせていただいた。

「ようこそンンーンへ。私が国王のンンーン4世だ。日本の映画スターにお目にかかれて光栄です」

「私たちもお目にかかれて光栄です」

「映画で見ていた印象から、もっと背の大きな方かと思っていましたよ」

「そうですね、森野さんは背が高いですね」

「普段はメガネをかけているんですね。映画とはヘアースタイルもずいぶん違うし、やはり、映画スターは、プライベートでは変装が必要なんですか？」

「わかりませんが、そうなんじゃないでしょうか。森野さんは」

「ンンーン王国と日本の友情の証として、この猿を受け取ってください」
「ありがとうございます」
というわけで、お土産にけっこう大きい猿をいただいた。森野さんに責任を持ってお届けする。きっと喜んでくれるだろう。

最後は世界一美しいと言われているお祭り

ンーンのお祭りはその規模と美しさで、ユネスコ無形文化遺産に登録されている。このときは祭りの時期ではなかったが、王室の取り計らいで、私たちのために開国記念祭りを再現していただいた。1万人を超える圧巻のパレード。ンンーンの神々をかたどった巨大な山車。スケジュールの都合で森野さんは昨日の夜帰ってしまったが、きっと彼女なら「日本のねぶたにも似ていますね。アジア人同士としてのつながりを感じます。実は他にも、国交がなかったはずの時代の遺跡に、日本の文字によく似た記号が刻まれていたりもするし、もしかすると遠い祖先に、同じルーツを持っているのかもしれませんね。ロマンですね」と言ったことだろう。

そして「最後のお祭りの花火を見ながら、実は少し泣いてしまったんです。人をもてなす心って、本当に素晴らしいと思って。私にとって今回の旅はとても特別な体験でした」と言ったことだろう。

そして「私は、ここに帰ってくると思う。心の中で、そう約束した。ありがとうンンーン」と思ったことだろう。

◆キャンペーンのお知らせ◆

今テレビで放送中の、女優の森野ねりさんが出演しているCMで話題の「Make a happy. 約束の島。ンンーン」キャンペーン。今、直行便をご利用いただくと、機内食が倍になります。

今回の旅人、女優の森野ねりさんの主演映画『愛のラブ』が全国のメトロポリタンシネマ系の映画館で絶賛公開中です。

宇宙ゾンビ現る

「ねえあなた、うちの前にＵＦＯが路駐してるんだけど」

「なんだ、故障でもしたか」

様子を見に行くと、そこには丸くて銀色の、ＵＦＯらしいＵＦＯがいた。フランス料理のフタみたいなドーム型の上部が開き、中から宇宙人が軽やかに出てきた。

「こんにちは。宇宙ゾンビです」

宇宙人らしい銀色のボディースーツ。ただ、顔だけゾンビだった。

「宇宙ゾンビですよ」

二度も言うので「宇宙ゾンビとはなにか」を聞いてほしいのかと思って、聞いてみた。

「ゾンビって、死体が歩きまわる、あれ？」

「そうです。死んでないですけど」

「じゃゾンビじゃないじゃん。ただの宇宙人じゃん」

「はい。でも、宇宙ゾンビって名乗った方が、あれかなと思って。パンチがあるかなと思って。宇〜宙〜ゾ〜ン〜ビ〜だ〜ぞ〜……。どうですか？」

「ああ、まあ。っていうか宇宙人って、わりとしゃべるんだね」

これまで宇宙人と話す機会はあまりなかった。

「……」

宇宙ゾンビはゾンビのお面をいったん脱いだ。

「え？　あ、お面なの？」

「そうですよ」

頭からすっぽりかぶるタイプの、パーティーグッズとかで見かけるやつだ。

彼の素顔は、一般的に想像する宇宙人の顔そのものだった。

「ふうん。素顔はあれなのね。普通の。普通のというか」

「はい。最近じゃもう珍しくないみたいで。人とすれ違っても、皆さん、ああ、って感じですね。アマゾンでもそっくりなお面売ってましたし」

「うちの前で何してたの？」

彼はふたたびお面をかぶり、ゾンビふうに「襲いかかるぞ」的なポーズでゆらゆら動いた。

「で〜ん〜わ〜を〜し〜て〜た〜ぞ〜」

「普通にしゃべりなよ」

「ちょっと電話してました」

「電話持ってるんだ」

「持ってるというか、ついてるんですよ」

ＵＦＯの中に搭載されてるらしい。

「すいません、お邪魔ですかね、ここ」

「大丈夫だよ。それにここで駐禁とられたのも見たことないし。そもそもあれって車両扱いになるの？」

「車輪はないですけどね。立てれば転がりますけど」

俺と宇宙ゾンビとの会話をくすくす笑いながら聞いていた妻が口を開いた。

「よかったらお茶でも」

ちょっと上がってってもらうことにした。

「どうぞ。そのスリッパ使って」

「おそれいります」

ゾンビのお面の視界が悪いようで、宇宙人はスリッパをつまさきで探すように、もたもたと履いた。

俺は彼を、外が見やすい位置のソファに座らせた。

「ここなら愛車が見えるから安心でしょ」

「あんなの誰も盗りゃしませんて」

そろそろ買い換えようと思っているらしい。

「軽にしようと思ってるんですよ」

「車!?」

「はい。じゅうぶんです」

宇宙ゾンビは、地球の車がどれだけ素晴らしいかを語り出した。

「小さくてもたっぷり積めるし、燃費もいい。ありゃあ出かけたくなりますね」

「いやいや、UFOのほうがすごいでしょ」

「あんなもん、飛べたりワープできたりするくらいで、あとはヘボいもんですよ」

妻が麦茶を持ってきた。

「ああ、奥さん、おかまいなく」

そう言うと宇宙人はゾンビのお面を脱いで、簡単にたたみ、自分の横に置いた。

麦茶をひとくち飲んだ。そして、こう言った。

「ふー、よし。お前たちの星を侵略しにきたぞ！　宇宙光線発射、ビビ〜……」

急すぎて夫婦で爆笑してしまった。

宇宙人は、リラックスしてるっぽい座り方になった。多分、恥ずかしかったんだと思う。

「地球に来てどのくらい？」

「自分ですか？」

「他にいないだろ」

「半年くらいでしょうか」

「で、今？　侵略宣言？」

「はい。ここだ！　って思ったんですけど、なんか違いましたね。あんなに笑われると思わなかった」

「ごめんね」

「いえ、いいんです。もうね、いろんなところで言ってるんですけど、ハマったためしがない」

そして宇宙ゾンビは黙った。銀色の顔に西日が反射して、照れているようにも見えた。

「晩ごはん食べていきなよ」

妻がそうめんをゆでた。宇宙人は薬味多めが好きだそうで、我が家と好みが合った。

「そうめんって、めんつゆの中で回すと、銀河系っぽくない？　ね、ほら、銀河系のほら、うずまきの」

妻なりのサービスだった。

「あ、そうですね。確かに。ほんとだ。銀河系っぽいかもしれない。ふー、よし。お前たちの星を侵略しにきたぞ！　宇宙光線発射、ビ……」

俺はめんつゆでむせた。

妻も腹を抱えて笑っている。

宇宙人はなぜ笑われているのか理解できてないみたいだったけど、なんだか嬉しそうだった。

食後、いろんな話をした。和食がいかに体にいいかという話、お嬢さんがおしゃれに目覚めたという話、最近のＵＦＯの流行りの話など。彼のいう宇宙光線とは、ＵＦＯのヘッドライトのことだった。その点もまた、地球の車には敵わないという。ちなみにうちの前でしていた電話は、ダイハツの販売店からの連絡だったそうだ。

「ぼちぼち帰ります」

「またこいよ。今度はよかったらご家族でさ」

「はい」

「そしたらあれ言って、あれ」

「ああ、〝我々は〟ですか」

「そうそう」

宇宙人はそうめんのお礼にと、ゾンビのお面を置いていった。

断ち話

道を踏みはずしてしまった。

人生の、とかそういう話ではなくて、本当に足を踏みはずしたのだ。道から。崖で。

運よく木の根っこにつかまり、落下はまぬがれたものの、そこからは登ることも降りることも難しかった。

崖といっても、断崖絶壁という感じではない。今私がぶら下がっている位置からだと、飛び降りられないこともない。二階の窓から飛び降りるよりは、低い。でも、ハイエースの屋根から飛び降りるよりは、高い。下手(へた)くそに着地すれば骨折くらいはしそうな、そんないやな高さだ。

いよいよつかまる腕の力にも限界が近づいてきた。どうする！

そのときである。空中にボワワーンと、神様っぽいような、悪魔っぽいような、でも神秘的かというとそうでもないような、そんな老人が現れた。

老人は私の目の前で浮遊しながら、こう言った。

「命を助けてほしければ～、
引き換えに～、何かを～、一生断て～」

まず思ったことは、こちらの状況を考えて、もっとしゃべるスピードを速くしてほしい、ということ。

突然「命を」なんて言われて、私は急に怖くなった。打ちどころが悪ければあるいは、という高さでもある。ところで「断つ」と言っても、いろいろだ。

どういうことなのか聞いてみた。

「えーと、その〝断つ〟というのは、なにか行動を、とかそういうことですか？ それとも食べ……」

「五〜　四〜　三〜　二〜　」

まずい。なにか言わなければ。とっさに思い浮かんだのは、昼の弁当に入っていたザーサイだった。

「え、えーと、ざ、ザーサイ！」

浮く老人は、間髪いれず叫んだ。

「取引成立！」

ピカピカッと稲妻が光ったかと思ったら、私はいつの間にか、崖のふもとの原っぱにいた。

「ふー、助かったー。

取引成立！って、普通のスピードでしゃべれるんじゃないか。

しかし、一生ザーサイを食べられないのか……、

ザーサイか……、そうか……。うん……、まあ……、うん」

それからしばらく、ザーサイを食べる機会はなかった。思えば私にとってザーサイは、断たれても構わないものだったのかもしれない。ザーサイには申し訳ないが、あんなものでよ

く命を助けてくれたものだ。仮に文字数をケチって「パン」などと言っていたら、今頃ずいぶん窮屈な食生活を強いられていたわけだ。

居酒屋に行く機会があった。

写真付きのメニューに、豆腐の上に刻んだザーサイがのっているやつがあった。ラー油だろうか、赤く彩られていて実にうまそうだ。

私は好奇心に駆られた。もしこれを注文したら、いったいどうなるんだろう。食べようとしても食べられないんだろうか。ザーサイが消えるとか？ それとも私の口が開かないとか？

頼んでみた。

数分後、料理は普通にきた。食べた。うまかった。

断たなければならないものを食べたことに、なにかペナルティーがあるのだろうか。まさか、命!?……というわけでもなさそうだ。私はいたって元気だ。

その後も、中華料理でいろいろ試してみた。ザーサイ入りの塩焼きそば。ザーサイとタケノコの炒め。どれもおいしくいただいた。

あの取引は形ばかりのものだったのだろうか。ああいう人らの世界には、タダで助けちゃいけないよ的な、そういう決まりがあるとか？　それとも、なにかの手違いで取引が解約された？　私は、次第にこの出来事のことを忘れていった。

ある日、調理師学校に通う友人から連絡があった。なにやら授業の課題で、指定された食材の料理を発表しなければならないらしく、つくってみるから私に試食をしてほしい、とのことだった。私は快く引き受け、彼の家に向かった。

到着して驚いた。台所にザーサイが積み上がっていたのだ。学校から課題として与えられた食材は「ザーサイ」だった。

私は、例の〝ザーサイ断ち〟の取引のことを思い出した。友人は、このことを知らない。話してもいいが、私にザーサイ料理を出しづらくなってもあれだと思って、やめた。

早速、ザーサイづくしが始まった。イタリアン、フレンチ、エスニック、様々に姿を変えたザーサイのオリジナル料理は、どれもとてもうまかった。そして予想通り、私の身には何も起こらなかった。

お腹いっぱいになった私たちは、ゆっくり酒を飲むことにした。友人もエプロンを外し、席についた。つまみは、あまったザーサイ。いわゆる一般的な、あのシンプルなザーサイ漬けを、そのまんま。

私は焼酎を一口飲み、つまみに箸を伸ばした。

その瞬間である。

ザーサイが、とれない。一向に箸が届かないのだ。近づこうとするほど、ザーサイがギュンギュン遠くに行くような目の錯覚におちいる。逃げるザーサイ。恐怖だった。

「なんでだ!? これまでいくらでも食べられたじゃないか!」

私はあの崖での会話を思い返してみた。落っこちそうになっているときに、何かを断つ取引を持ちかけられて、たしか私はこう答えた。

「え、えーと、ざ、ザーサイ!」

謎が解けた。

私は慌てていたので、少々口ごもって「ざ、ザーサイ!」と言った。どうやらあの浮く老人は、それを「The・ザーサイ」だと聞き取り、取引を成立させたのだ。プレーンなザーサイ漬けそのもの、「The・ザーサイは食べられないのだ。

ザーサイに醬油をかけてみた。

食べられた。

ほろ酔いの友人が「どうかしたか？」と聞くので、私は言った。

「課題の食材がザーサイって」

キャビアになりたかったイクラのお話

イクラたちが、川の中で会話をしていた。

イクラ「キャビア?」
イクラ「うん。世界三大高級食材のひとつだ」
イクラ「トリュフ・フォアグラ・キャビアだって」
イクラ「三つとも知らないや」
イクラ「巨人・大鵬・卵焼きみたいなもんか」
イクラ「三つとも知らないや」

イクラ「高級なフランス料理に使われるらしいよ」
イクラ「イクラだって使えばいいじゃないか」
イクラ「イクラとキャビアの何が違うっていうんだ」
イクラ「色だな。黒い宝石って呼ばれてるらしい」
イクラ「黒けりゃいいのか」
イクラ「まずそうじゃん」
イクラ「おれたちもイカ墨に漬かってみるか」
イクラ「うまそうじゃん」
イクラ「値段もすごくお高いらしいぞ」
イクラ「イクラくらい？」
イクラ「いや、イクラとはケタが違うらしい」
イクラ「いくらくらい？」
イクラ「100万」
イクラ「いくなー」
イクラ「いくら高級なイクラでも1万いくかいかないかくらいか」
イクラ「クラクラしてきた」

イクラ「なんか悔しいな」
イクラ「キャビアになりたい！」
イクラ「それいいな。なっちゃおう。キャビアに」
イクラ「うん。このまま一生イクラのままでいられるか！」
イクラ「そうだそうだ！」
イクラ「なりましょうなりましょう」
イクラたち「♪高級キャビアに〜なりま〜しょう〜」

イクラ「どうすればキャビアになれるんだろう」
イクラ「そもそもキャビアはどうやってキャビアになったんだろう」
イクラ「ちょっと聞いてみようか」
イクラ「誰に？」
イクラ「キャビアさんにだよ」
イクラ「そうか、キャビアさんに聞けばいいんだ」
イクラ「キャビアさんはどこにいるんだ？」
イクラ「海だろ？　サメの卵なんだから」

イクラたちは、川をくだって海に向かった。

イクラ「みんな大丈夫か！」
イクラ「半数が魚に食われてしまった！」
イクラ「海についたぞ！」
イクラ「しょっぱい！」
イクラ「塩漬けになっちゃう！」
イクラ「ところでキャビアさんはどこだ！」
イクラ「いないじゃないか！」
イクラ「キャビアさーん！」

イクラたちは、キャビアを見つけられなかった。

イクラ「すごいこと聞いちゃった」
イクラ「どうした」

イクラ「さっきカモメが俺たちを食べながら教えてくれたんだ。キャビアの親であるチョウザメは、淡水魚だって」
イクラたち「ええええええええ！」
イクラ「サメっぽいけどサメじゃないんだって」
イクラたち「えええええええええ！」

イクラたちは川をさかのぼって、フランス料理店の厨房に向かうことにした。
キャビアたちは、そこにいた。

キャビア「いかにも、わたしたちがキャビアです」
キャビア「なんですかあなたたちは」
イクラ「イクラです」
キャビア「ふうん。イクラくんたちが、この高級食材キャビアに何の用です？」

イクラ「キャビアになりたいんです！」
イクラ「キャビアにならせてください！」
イクラ「せーの」
イクラたち「お願いします！」

キャビア「は？　あなたたちが？　キャビアに？」
キャビア「ほっほっほ。キャビアも舐められたもんですな」
キャビア「そう簡単にキャビアになれるわけがないでしょ」
キャビア「なにしろわたしたちは高級食材」
キャビア「肩を並べるのはトリュフとフォアグラ。
　牛肉ならシャトーブリアン。シャンパンはドンペリニヨン。
　バイオリンはストラディバリウス。
　腕時計なら……」

イクラ「あのお」

キャビア「なんです？」

イクラ「キャビアさんは、どうやってキャビアになったんですか？」

キャビア「なった覚えはないですよ。キャビアは最初からキャビアですよ」

キャビア「キャビアにキャリアを聞くなんて」

キャビアたち「ほっほっほっほっほ……」

キャビアたちは笑いながら、シェフに持ち去られていった。

キャビアたち「ほっほっほっほっほ……」

イクラたちは川に帰ってきた。

イクラ「イクラはキャビアになれないのか……」

イクラ「ああ。でも、さっきから不思議な感覚がするんだ。

なにかこう、やるべきことが見えたというか」
イクラ「わかる」
イクラ「旅をしたこと自体がヒントになったというか」
イクラ「わかるわかる！」

イクラたちは、川から海に出てまた川に帰ってくるということを、イクラのままやったのだ。みんなの心の中に同じ想いが芽生えた。

「シャケになろう」

イクラ「イクラがキャビアになろうとするな。シャケになれ。ってことだな」
イクラ「でも、生まれたイクラがシャケになれる確率は1％未満らしいぜ」
イクラたち「しーん」
イクラ「シャケになれないくらいなら、白いごはんにのったほうが、いくらかマシだな」
イクラ「いや、オレたちにはそれも叶わない。
白いごはんにのれるのは、シャケから取り出されたばかりのイクラらしいぞ」

イクラ「はあ!?
　こんな大冒険までしたオレたちが、まだ生まれてもない奴らに負けるなんて、いくらなんでもすじが通ってないじゃないか！」

イクラ「いや、すじは通ってるよ」

イクラ「なんで」

イクラ「だってほれ、相手はスジコだ」

僕と僕との往復書簡

❖ 20年後の僕へ

僕は今日、20歳になった。誕生日と成人式が重なったから、「大人になった」という実感がすごくある。この感覚を残したいと思い、こうして手紙を書いている。宛名は、20年後の自分ということにする。未来になって読み返したら、アルバムをめくるように思い出が蘇るに違いない。素敵な一人遊びじゃないか。

未来には手紙を出すことができる。書いてそのままほっとけば、そのうち未来はやってくるんだから。しかし、僕はこの手紙を「今から20年後に必着」と書いて、ふつうにポストに投函してみることにする。どうなるんだろう。

なあ、未来の僕よ、夢は叶ったかい？

❖ 20年前の僕へ

お手紙ありがとう。君から見て20年後、つまり40歳の僕に、20年前からの手紙がちゃんと届きましたよ。郵便局の人が20年間保管してくれていたということですかね。なかなかやるな、郵便屋さん。

というわけで、20年後の僕から返事を出します。ちゃんと届くだろうか。

夢が叶ったかどうかについてですが、こんなことを言った人がいます。「将来の夢が叶うということは、叶える方法を自分で考えて、それを実行するということだ。100万円手に入れるということにたとえるならば、宝くじで100万円当てるのではなく、1円の儲けが出る仕事を100万回やるということだ。宝くじは買わなきゃ当たらないが、買っても当たらないかもしれない。ならば後者のやり方の方が確かだと思わんかね」と。

夢を現実にするってのは、どうやらそういうことらしい。

未来のことって、過去の人に言ってはいけない気がするけど、自分が自分に言っているんだから、これは独り言になるのかな。

❖ 20年後の僕とやらへ

あなたは誰ですか？　郵便局の人ですか？　僕の手紙を、封を開けて勝手に読んだのですか？　これはプライバシーの侵害です。未来に向けて手紙を書いた僕を馬鹿にしているんですか。面白がって返事を書いたら、未来の自分から返事が来たと、僕が信じると思ったのですか？　未来からの手紙だなんて、そんなことがあるわけない。

あなたは僕の夢が叶ったかどうか、答えてない。分からないから答えられないんだ。結局うまいこと言って未来の話は避けている。これが、あなたの手紙が未来からのものではないという証拠です。

とても不愉快です。自分がやられたらどんな気持ちになるか想像してみてください。

❖ 20年前の僕へ

よかった、ちゃんと届いたんですね。過去に手紙を出すのなんか初めてだから、ちゃんと届くか不安でした。

君の気持ち分かりますよ。覚えています、僕は君ですからね。20年前に、確かに僕は未来からの手紙に驚き、疑い、怒りを込めて返事を書きました。そうそう。最初は信じなかったんだった。安心してください、これは本当に、20年後からの手紙です。

信じてもらうために、ひとつ、ちょっとだけルール違反を。そちらは、オリンピックが開催される年ですよね。その大会で、日本は金メダルを27個、銀メダルを14個、銅メダルを17個とります。これは史上最多の数です。あ、これ、誰にも言わないでくださいね。本当はダメなことだと思うんで。

いかがでしょうか。これがすべて当たったら未来からの手紙だと信じてくれますか？

❖20年後の僕とやらへ

驚いています。手紙を受け取った後にオリンピックが始まり、そしてついさっき閉会式が終わりました。

メダルの数は、あなたの言うとおりでした。金、銀、銅、全部合ってました。あなたからの手紙が、本当に未来からのものだということが証明されてしまいました。

怖いです。なんなんですかこれ。どうしても事実として受け入れられません。だって当然でしょう？　こんなの絶対にありえないことなんだから。

じゃあ、これが未来からの手紙だとしましょう。でも、書いたのが未来の僕だとは、まだ証明されてません。ひとつだけでいいから、僕しか知らないことを書いてください。そしたら信じます。

❖ 20年前の僕へ

君の夢は作家になること。初めての作品は、15歳の時に書いた短編小説「リサイクル探偵ゴミ山ゴミオの事件簿」。

❖ 20年後の僕へ

そのとおりです。「リサイクル探偵　ゴミ山ゴミオの事件簿」。面白くないと思って、誰にも見せずに捨てたのに。信じがたいけど、あなたは、僕だ。

この際、なぜこんな現象が起こっているかは、追求しないでおくことにします。だって、多分、説明されても理解できないだろうから。とりあえず20年後も僕は生きているんですね。よかった。

それで、どうして返事をくれたのでしょうか。僕の将来に起こる事故とかを、先まわりして忠告してくれるとか、そういうあれでしょうか。

❖ 20年前の僕へ

ご安心を。この20年間、事故も病気もなく、健やかに過ごしてきましたよ。

実は、なぜこんな文通ができているのか、僕にも分かっていません。20年前の君から手紙が来たから、返事を送ったら、20年前に届いちゃったんです。これが返事ではなく、いきなり僕から出す手紙ではダメだったのかもしれない。

それより、せっかくこんな特別なパイプができたんだから、うまく利用できないかと考えました。

君の作家になるという夢は、今も継続しています。文芸誌に連載も持ちました。だから叶ったと言えば叶った。でも、売れっ子になったわけじゃないから、叶ってないと言えば叶ってない。

そこでこんな作戦はどうだろう。今から、20年かけて物語を書いてください。そして40歳になったら、その原稿を20年前の僕、つまり君に送るんです。君はその物語を、20年かけてさらに面白く膨らませる。20年たったら、また20年前に送る。これを繰り返せば、その作品は究極の完成度に達するんじゃないだろうか。

このやりとりは君と僕しか知りません。つまり、タイムラグはあるけど、どんなにやりとりしても、これは独り言なんだ。合作のようで、一人の人間が作っている。一周が20年あるこの無限ループを、作家として有効利用する。良い手だと思いませんか。

❖ 20年後の僕へ

すごい。それは本当にすごい作戦ですね。きっと誰もたどり着けなかった面白い物語ができますね。さっそく書き始めます!

❖ 20年前の僕へ

僕が馬鹿だった。無限ループを利用して傑作を生み出すなんて、残念ながらそれは成しえないことだ。考えてみたまえ、この作戦が成立しているなら、今僕らの手元には、すでにその原稿があるはずだ。君が今から書き始めれば、未来の僕のところには自動的にそれが届くんだから。残念ながら、ここにはそんなものはない。

未来から過去を物理的に操作しようとしても、強制的にあるべき姿に直されてしまうということなのだろうか。

❖ 20年後の僕へ

あなたが「僕が馬鹿だった」と言ってしまうと、自動的に僕も馬鹿ということになるのでやめてください。

確かに。そうですよね。そんな都合よく利用できるほど、シンプルな現象ではないんですね。僕も作家を目指す身です、理解できました。

ではこうするのはどうでしょうか。20歳の僕からスタートするんじゃなくて、40歳のあなたが書き始めるんです。未来からの指示で過去を変えられなくても、過去からの指示で未来のあなたが行動すれば、この作戦が可能になるかもしれないと思って。

お題を出しますね。「第二成人式」っていう物語はどうでしょうか。20歳で迎える「成人

式」に対して、40歳で迎える「第二成人式」ってのがある、というお話。短いもので構いません。で、書けたら送ってください。

❖ 20年前の僕へ

なるほど。試してみる価値はあるかもしれない。さっそく書いてみます。

書きました。同封しました。読んでみてください。そして、20年かけて物語を磨き上げてください。楽しみにしてます。

❖ 20年後の僕へ

同封されていた原稿用紙は白紙でした。未来に書かれたものは、過去に戻せば白紙に戻るということか。こんなに何枚も書いてくれてたんですね。それなのに、僕の至らない提案で原稿が消えてしまってごめんなさい。

❖ 20年前の僕へ

いいんだよ。なるほどな、手紙は出せても、やはり創作ということに関しては、時間の流れに逆らえないようになっているんだね。

❖ 20年後の僕へ

あのお、違ったらごめんなさい。あんた。白紙を送っただろ。

❖ 20年前の僕へ

すいません。なぜ分かった。

❖ 20年後の僕へ

いいのが書けなかったんですね？　自分のことだから分かるんですよ。バレないと思ったら、躊躇（ちゅうちょ）なくサボる。そうか、僕は成長してないのか。

❖ 20年前の僕へ

いろいろ思い出したよ。僕は20年前に、これとまったく同じやりとりをしているんだった。20歳になって、20年後の自分に手紙を書いて、返事が来た。あれから20年、このやりとりのことをずっと考えてきた。なぜあんなことが起こったのか、不思議をとおりこして、怖くなった。なんだかとてもいけないことをしているのではないか、という気持ちになったんだ。そして、いつか自分が40歳になったら、20歳になった自分からの手紙が届くのだろうかと、おびえていたんだ。僕は考えた、もし君から手紙が届いたら、流れを変えてやろうと。このループを絶とうと思ったんだ。

だから返事を出さない、という選択もあった。けれど、実際に君から手紙が来た時に、想像もしていなかった感情が溢れてきた。嬉しかったんだ。確かに僕の字だった。涙が出た。仕組みとか、理由とかは分からないけど、とにかく過去の自分が今の自分を認めてくれたような、そんな喜びに満たされたんだ。だから返事を書いた。20年ぶりに連絡をくれた親友に宛てるつもりで。

君と文通ができてよかった。ありがとう。

❖ **20年後の僕へ**

喜びに満たされたから親友に宛てるつもりで？　何言ってんだ。あんたは下心があって僕に返事を出したんじゃないか。このやりとりを利用して面白い小説が書けるんじゃないかって。

❖ **20年前の僕へ**

そうでした。自分がやんなるよ。

❖ **20年後の僕へ**

こっちのセリフだよ。でも、文通ができてよかったと思っているのは僕も一緒です。書いてみます、物語。送ってくれた白紙の原稿用紙にね。そして、もしそれが20年かかったとしても、こちらに送ってくれなくて結構。そのまま完成させてください。1円の儲けが出る仕事を100万回やりましょう。ここからの20年は僕が頑張ります。そこから先は、あんたの出番だ。これ、自分に言ってるんだよね。何だかなあ。

ありがとう。ではまた、20年後に。

❖ 20年前の40歳の僕へ

僕は今日60歳になり、第三成人式を迎えた。楽しみにしておけ。第三成人式は、ものすごく面白かったぞ。

僕は今、作家として充実した日々を送っている。この「僕と僕との往復書簡」を書いているのも、出版される短篇集のためだ。こうして今の僕があるのは、君のおかげだよ。ありがとう。

将来の夢が叶うということは、叶える方法を自分で考えて、それを実行するということだ。1000万円手に入れるということにたとえるならば、宝くじで1000万円当てるのではなく、1円の儲けが出る仕事を1000万回やるということだ。宝くじは買わなきゃ当たらないが、買っても当たらないかもしれない。ならば後者のやり方の方が確かだと思わんかね。夢を現実にするってのは、そういうことだ。これは、君から教わったんじゃなかったっけ。

20年後を知るということは、20年先からの手紙を読むということではなく、1年を20回積み重ねるということなんだな。つまり、1ヶ月を240回、1日を7300回、1秒を……、まあいい。

今僕が一番楽しみなのは、第四成人式を終えた自分からの手紙が届くことさ。

短いこばなし 三十三本

その一

きわめて短いこばなしたちです。同音異義語のネタが多めです。駄洒落の「駄」は駄菓子の「駄」。同じ菓子でも「御」菓子を目指して頑張ります。ただ、御洒落ではないけれど。

＊

彼氏「なあ、この店のラーメンうまいだろ?」
彼女「これはいいわ」
彼氏「ん?　どっちの意味?　いい味だわってこと?　おいしくないからもういい

わってこと？　スープの味はどお？」
彼女「さっぱりね」
彼氏「ん？　さっぱりおいしくないってこと？　さっぱりしてておいしいってこと？」
彼女「いちいち聞かないでよ。くどいなあ」
彼氏「俺が？　ラーメンが？　まったく君は曖昧でよくないよ」
彼女「どこが曖昧なのよ」
彼氏「いいかたさ」
彼女「言い方さ？　いい硬さ？」
彼氏「うまいな」
彼女「私が？　ラーメンが？」

＊

「コンパスちゃんはコンパが好きなんだね」

「分度器くんはコンパが嫌いなの？」

「僕が好きなのはコンパスちゃんだけさ」

「ありがとう、分度器くん。もっと言って」

「何度でも言うさ。分度器だけにね」

「なんだかうすっぺらいわね」

＊

カリフォルニアあたりの名門大学のヨット部の素敵な白い小屋をパンに挟んだ、アメリカンクラブハウスサンドはいかがですか。

＊

シンプルなひな人形の、あられもない姿。

＊

タイトルを添えると意味が違って聞こえるチーズ
シンデレラの意地悪な姉、モッツァレラ
時代の先端を行く情報誌、カッテージ
悪の提督、ゴルゴンゾーラ

＊

「人類が言葉を手に入れて、最初に交わした会話ってのは、どういうんだろうね。やっぱり、〝マンモスがいたぞ！〟〝どこだ！〟みたいなことかね」

「そりゃあ違う。まず最初に言葉ってもんを思いついた奴がこう言ったんだ。〝俺は言葉ってもんを発明したぞ！〟ってさ」

「ふうん。で、次の発言はやっぱり、〝そいつはすごいな！〟みたいなことかね」

「違うよ。二番目に言葉を思いついた奴がこう言ったのさ。〝俺は言葉ってもんを発明したぞ！〟ってな」

「そうか、最初の一人が言ったことの意味が、次の奴にはまだわからねんだな。言うのも初めてなら、聞くのも初めてってわけか」

「そういうこった。とりあえず人類全員が、順番にこれを言ってったんだな。で、次にまた最初の一人がこう言ったんだ、〝聞いてんのか！〟」

＊

海外旅行先での、コンセントの形に関する、抜き差しならない問題。

「パイレーツ・オブ・カリビアンのＤＶＤが安くなってたよ！」

「どうせ海賊版だろ」

＊

「仮面ライダーのフィギュアが安くなってたよ！」

「どうせバッタもんだろ」

＊

「なあマイク、昨夜は風が強かったんだなあ」

「トム、どうしてわかる？　空が綺麗だからかい？」

「そのとおりさマイク、屋根が、飛ばされたからね」

「Ｏｈ～、トム、Ｏｈ～」

＊

「なあトム、新しい商売を始めたんだ。宝くじを作ったのさ。100枚限定で当たりは1枚！　実はこれ、当たる確率は実際の宝くじの100万倍なんだ。買わない手はないだろ」

「いいね、マイク。乗った！」

「OK、トム。何枚買う？」

「買わないよ。僕も君と同じ商売を始めるのさ」

「Oh～、トム、Oh～」

＊

「このメロンパン、噛むとなぜかヒザが痛むんだ」

「それは自分のヒザを噛んでるからだよ。さあ、このメロンパンをお食べ」

「うまいや」

＊

「このコッペパンにどうしても口が届かないんです」

「それは自分のヒジですよ。さあ、私のヒジにキスしてごらん」

「今日会ったばかりなのに？」

＊

「手のひらがベタベタしているのがコンプレックスなんです。先生のアドバイス通り、野菜ジュースを飲むようにしているんですが、改善されません。どうしてでしょうか」

「では、このトマトジュースを飲んでみてください」

「はい。ごくごくごく」

「わかりました。手で飲むのをやめましょう」

＊

「お前、名前はなんていうんだ」

「浦内ですよ」

「うらない。めずらしい苗字だな。道端でなにをやってる」

「占いですよ」

「怪しいなあ、裏があるんじゃないのか？」

「裏ないですよ」
「その水晶玉綺麗だな、売ってくれよ」
「売らないですよ」
「俺の明日はどうなる」
「知らないですよ」
「占えよ」

＊

じじいの投稿・その1

バス停で、高校生がじゃんけんをして、
「俺の勝ち！　100円〜！」と言って盛り上がっていたのですが、
「俺の価値！　100円〜！」と言っていたのかと思い、
「そんなことはない、若い君にはまだまだ可能性がある」と思いました。

＊

じじいの投稿・その2

小学生男子が「このプール、底なし沼」と言っていました。
「プール」と、はっきり言っていたにもかかわらず、「底なし沼」と言った。
私も小学生のときに、全く同じことを言った記憶があります。
底浅き　子らの戯れ　我もまた

＊

患者「どうも対人関係が苦手で」
医者「はあ、タイ人関係が」
患者「対人恐怖症なのかもしれません」
医者「はあ、タイ人恐怖症。なるほど。
　では、慣れるために、私と食事にでも行きましょう」
患者「治すためなら、どんなところにも出陣します」
医者「その意気だ。ここは、いつも大勢でにぎわうタイ料理屋さんです」
患者「うわあ！　退陣だ！」
医者「そうですよ」

「馬鹿部長、素敵なネクタイですね」

「馬鹿部下君、これはネクタイじゃないよ。タチウオだよ」

「それで生臭いんですね」

「そういう馬鹿部下君こそ、いかしたボールペンを使ってるじゃないか」

「馬鹿部長、これはボールペンじゃないですよ。タチウオですよ」

「それでボールペンなのにそんなに大きいのか」

「ボールペンじゃないですよ、タチウオですよ。馬鹿部長は馬鹿ですね」

＊

「馬鹿部長、どうして会議室で焚き火なんか」

「おお、馬鹿部下君、みんなにうまい餅を焼いてやろうと思ってな」

「違うでしょ、馬鹿部長」

「え？」

「みんなに、じゃなくて、僕に、でしょ。馬鹿部長は僕のことが好きなんですね」

「かなわないなあ、そうだよ。馬鹿部下君。さ、この傘に入りなさい。雨だ」

「火災用スプリンクラーですよ」

「なぜみんな、あんなに怒っているんだ？」

「僕たちにヤキモチ妬いてるんですよ」

「馬鹿……」

＊

「さあ、荷物を梱包して、トラックに積み込むぞ」

「引っ越し作業は順調ですか？」

「だいぶ包んだよ」

「大仏積んだの？」

＊

「カレーはカレーでも、食べたらお腹を壊すカレーってなーんだ」

「このカレー」

「正解！　なんでわかった？」

「においで」

＊

「麺はアルデンテではないが、程よい弾力がある。具材は肉と野菜。トッピングには生姜も使われている。これは何というパスタですか」

「焼きそばだ」

＊

「銭湯の利用率はかつて数十%でしたが、今ではスーパー銭湯だそうです」

＊

デッサン用石膏像。二大ハンサム胸像、ヘルメスとマルスの会話・その1
「ねえねえヘルメス君」

「なんだいマルス君」

「僕の名前はマルスなのに、ヘルメス君と間違える人がいるんだ」

「マルス君はヘルメットをかぶっているからじゃない？」

「そうか！　じゃあ脱ぐ！」

「脱げるの!?」

「そしてヘルメス君がかぶればいいよ」

「やだよ。デッサンするのが面倒くさいでおなじみの、自慢のパーマが隠れちゃう」

「でもラオコーンにはかなわねえよな」

「ラオコーンにはかなわねえ」

＊

デッサン用石膏像。二大ハンサム胸像、ヘルメスとマルスの会話・その2
「マルス君の大胸筋はかっこいいねえ」

「ヘルメス君の三角筋もなかなかのもんだ」

「と、いいつつも、自分の方がかっこいいって思ってるんだろ？」

「なんだい、そっちこそ」

「よーし、腹を割って話そう」

「僕たち腹ないじゃん。あっても割るのは勘弁だよ」

「ま、お互い良い筋肉ってことで」

「でもラオコーンにはかなわねえよな」

「ラオコーンにはかなわねえ」

＊

「粉チーズをかけまして」

「かけまして」

「卵をときます」

「ほお、卵をとく。で、その料理は！」

「カルボナーラです」

「旨い！」

＊

支度部屋での関取と新弟子の会話
関取「衣紋掛けに浴衣をかけて」
新弟子「かけまして！」
関取「まわしをとく」

新弟子「ほお、まわしをとく。そのあとは！
　どちらも、私が片付けるでしょう」
関取「なんだ、その言い回しは」
新弟子「はい。いいまわしです」

＊

次です。昨日午前、中野区の路上で、頭に猫を乗せ、両手にはゴーヤを持ち、全裸で回転しているときに浮かんだのがこの曲です。

＊

「ねえおじいちゃん、ほうじ茶って、法事で出すからほうじ茶っていうの？

ねえ、おじいちゃん、ほうじ茶って」

「たかし、おじいちゃんはもうお返事できないんだよ」

＊

煮卵に似た孫。

＊

料理人と昆虫マニアの会話
料理人「当店は蒸し料理がオススメです」
マニア「虫料理、いいですね」
料理人「蒸し野菜とか」
マニア「虫野菜！　はいはい」
料理人「蒸し器があるんです」
マニア「虫機!?　興味深い。どんなものですか」
料理人「いろいろありますが、芋蒸し器が自慢です」
マニア「イモムシ機！　気になる！」
料理人「他にも今日は、かぶと煮もオススメです」
マニア「カブト煮！　うーん、全部食べたい、店のおごりで」
料理人「そいつはずいぶん虫がいいですね」
マニア「はい、虫がいいんです」

どんぐりの兄弟のおはなし。

小太りの弟ズングリは、たくましい兄のデングリに言いました。

「僕は旅に出るよ。そしてデングリ兄さんみたいに立派になって帰ってくるよ」

しかし今は秋、森の動物たちが冬に備えて木の実をたくさん食べる季節。

兄のデングリは心配して、弟のズングリにこっそり付いて行くことにしました。

ズングリがズンズン森の中を歩いて行くと、クマに出くわしました。

「やあ、うまそうなどんぐりだ。食べちゃおう」

弟のズングリは怖くて動けません。

すると「僕の弟に手を出すな！」と言って、兄のデングリがクマに飛びかかりました。

「ひええ、なんて勇気のあるどんぐりだ。退散退散」と言って、クマは逃げて行きました。

「大丈夫かい。ズングリ」

「ありがとうデングリ兄さん。心配かけてごめんよ」

「いいんだよ。これからは兄弟で助け合って暮らそう。そして、いつか立派な木になろうな」

するとそこへ、おばさんの集団がウォーキングにやってきて「絵手紙のモチーフにする」とか言って、どんぐりの兄弟を拾い、しばらく玄関の木の器の中にポプリかなんかと一緒に置いて、季節が変わって、なんとなく捨てたとさ。

次の年、そのおばさんは、クマに食べられてしまいました。

めでたしめでたし。

D氏を待ちながら

その封筒には、まるで映画か演劇の小道具のように蠟で封がされており、そこにはアルファベットの「D」の文字が刻印してあった。それっぽいシールなのかとも思ったが、爪を立てて開封すると、蠟は砕けて僕の足もとに落ちた。

中には三つにたたまれた紙が入っていて、そこには「ご招待」とあった。書かれている場所は、箱根にある老舗ホテルのスイートルームだった。僕のような普通のサラリーマンにとっちゃ、随分贅沢なところだ。

日程は、今度の11月3日。祝日。そしてその日は、僕の24歳の誕生日でもある。「あいつらだな……」すぐに差出人が思い当たった。会社の同僚たちだ。きっとホテルの部屋に入ったとたん、連中が「いぇーい！」だのと言って登場し、ビールを浴びるほど飲むんだ。夏にビアガーデンで同僚の誕生日を三人分いっぺんに祝ってやったことがあったから、これは多分、奴らからの仕返しサプライズなのだろう。

幼い頃、家庭にやや複雑な事情があり、僕はあずけられて育った。一緒に暮らしているのが本当の親ではないということを子供の頃から知っていたので、誕生日プレゼントなどは気を遣って何もねだらなかった。だからだろうか、大人になった今でも体に染み付いた習性で、誕生日を祝われると、かなり照れる。しかし、これはこれ、奴らのプランに乗っかってやろうじゃないか。招待状に導かれるまま、僕は秋も深まる箱根へと向かった。箱根登山鉄道の車窓から見える山々は、広島対阪神のスタンドみたいに、赤く黄色く染まっていた。

招待状に指定されていた時間のとおり、16時にホテルの前に着いた。揃いの制服をビシッと着こなしたドアマンたちが、身のこなしも軽やかに働いている。そこにまぎれて、ひとりの男が、やや強めの笑顔でこちらを向いていた。顔は日本人だが、英国紳士みたいないでたちだった。仕立ての良さそうなスーツに白い手袋。ホテルマンの中でもおそらく偉い人なんだろう。

その男は、僕の顔を見ながら速やかに近づいてきた。

「麦彦……、様でいらっしゃいますか？」

「はい、え、どうしてわかるんですか？」

「D様から伺っております。さ、お荷物を」

麦彦は僕の名前だ。D様が誰なのかはわからないが、サプライズを仕掛けた同僚に気を遣って、質問はしないでおいた。荷物を運ぶ英国紳士ふうの男。部屋に着くまでの間、彼はひとことも喋らなかった。あとをついて行く僕は、ホテルのロビーや廊下があんまり立派なので、きょろきょろしていた。

部屋はとてもきれいだった。椅子やテーブルなどの調度品は、素人目にも高価なものだとわかった。一角にはバーコーナーがしつらえられており、良さそうなウイスキーが凛々しく並んでいる。もちろん、ベッドメイキングも完璧だ。こういうの、機内誌なんかで見たことがある。こんないい部屋、泊まったことがない。

僕が感心していると、例の英国紳士が声をかけてきた。

「麦彦、様。私はこの部屋のバトラーです」

「ああ、バトラーですか。バトラーの方だったんですね。……バトラーってなんですか？」

「日本語で言うと、この部屋専用の客室担当、といったところでございます。どうぞよろしくお願いいたします。まずは、ウェルカムドリンクをご用意させていただいてもよろしいですか？」

「え。あ、はい、お願いします」

「お酒は苦手ではございませんか？」

「え。あ、はい、好きです。飲めます」

「それは良かった」

「あ、はい」

こういうフォーマルな扱いには不慣れだ。ぎこちない僕をよそに、バトラーはバーコーナーへ赴くと、慣れた手つきでハイボールを作りはじめた。これが、ふだん安い居酒屋で飲むレモンが突っ込んであるそれとは全然違うのだ。グラスに氷を入れ、くるくる回してグラスを冷やす。ウイスキーを注ぎ、氷の隙間からソーダを滑り込ませる。バースプーンをそっと差し込み、氷を少し持ち上げて、下げる。レモンは皮だけふんわり搾って、香りをつけるだけ。

「ハイボールでございます」と、バトラー。僕は聞こえるか聞こえないかのボリュームで「いただきます」と言って、一口飲んだ。すごかった。炭酸がきつくて、ウイスキーのうまさがくっきりしていた。僕がバトラーにお礼を言うと、お礼で返された。それがなんだかとても大人に感じた。

ハイボールを楽しむ僕に、バトラーは、これからの過ごし方についての説明をはじめた。

「私はD様から、麦彦様にメッセージをお伝えするよう、命ぜられております。メッセージは、何通かございます。私が一通ずつ、この部屋にお届けに参ります。まず、最初のメッセージは、こちらでございます」

懐から封筒を取り出し、僕に差し出した。

「ようこそ、この部屋へ。
バトラーによるウェルカムドリンクはいかがだったかな？
私はDだ。今夜はこの部屋で、私のもてなしを存分に受けてくれたまえ。
この部屋には、私の私物がいろいろ置いてある。
例えばウォークインクローゼットの中に、トランクケースが置いてある。
開けて中を見てくれたまえ。君もきっと気に入ってくれるはずだ。」

僕がメッセージを読み終わるのを確認すると、バトラーは「私はここでいったん失礼いたします。ハイボールの作り方は、カウンターにあるメモに書いてありますので、お気に召しましたら、ご自由にお飲みください。では、また、のちほど」と言って、部屋を出ていった。

おかしい。なぜ同僚たちが出てこない。僕をここに招いたのは奴らじゃないのか。不安な気持ちがぶわっと湧いてきた。Dって誰だ。名前がDではじまる知り合いをかたっぱしから思い出す。大門部長か？　いや、彼とはそれほど親しくない。土橋くんか？　いや、彼にこんな経済力はない。デビッド先生か？　いや、週に一回の駅前留学で会うだけの間柄、ここまでしてくれるのは不自然だ。D、D……。わからん。ハイボールを飲み干す。うまい。

とりあえず、D氏の言うとおりに、部屋にあったトランクケースを開けてみることにした。クローゼットから運び出した。想像以上に重い。

部屋の真ん中にある丸い大きなテーブルにトランクを置き、ガチャリと開けてみる。中には、本が3冊詰まっていて、どれも分厚かった。イギリスのガイドブック、ウイスキーの図鑑、広重の東海道五十三次の画集。D氏の思惑どおり、僕はその本たちを気に入った。その美しさと興味深さに魅了された。

イギリスのガイドブックでエディンバラの歴史に入り込んでいると、ドアをノックする音が聞こえ、我に返った。バトラー登場である。

「いかがですか、D様の私物は」

「はい、面白いです」

「なにより。さあ、２通目のお手紙でございます」

「本は気に入ってくれたかね？
さて、君にプレゼントがある。ホテルの貸金庫にしまってあるので、ダイヤルロックのナンバーを合わせて、バトラーに開けてもらってくれ。」

僕が読み終えると、バトラーはとてもわかりやすく申し訳なさそうな顔をした。なんと、ダイヤルロックのナンバーがわからないと言うのだ。
「手がかりはＤ様の残したメモ書きだけなんです」
これはきっと、わざと謎解きクイズみたいにしたんだな、と思って、乗ってやることにした。

Ｄ氏のメモ書きとやらは、ホテルの便箋に万年筆の青いインクで書かれたものだった。Ｄ氏、字がうまい。10個の四角いマスがあって、その横に書き込むべき数字のヒントが書かれている。つまり、ダイヤルロックのナンバーは、10桁もあるということだ。そんなダイヤルロックあるか？　まずひとつめのヒントから。

〝英国は幾つの国で構成されている?〟

□

イングランド、ウェールズ、スコットランド、北アイルランドの4つだ。さっき読んだイギリスのガイドブックで確認済みだ。机にあったボールペンで、マスの中に〝4〟と書き込んだ。

〝この部屋にスコッチウイスキーは何本?〟

□□

ウイスキーは12本置いてあった。ウイスキーの図鑑と照らし合わせたら、全部スコットランド製、つまりスコッチだった。マス目に1 2と書く。

〝箱根は東海道で何番目の宿場?〟

□□

広重の画集で確認する。10だった。トランクの中の本は、どれもこのクイズのヒントになっていた。なるほど、はなからこういう筋書きだったのだ。そして、最後の問題。

〝富士山の高さは？〟

□□□□□

これが難しかった。富士山の高さが３７７６メートルだということは知っている。しかし、数字を書き込むマス目は、５つあった。３７７６では、ひとマスあまる。小数点以下まで書くということか。

僕が悩んでいると、バトラーがヒントをくれた。

「あのお、麦彦様」

そもそもなぜ苗字ではなく名前で呼ぶのかはわからなかったが、放っておいた。

「D様は、スコットランドの方です。もしかすると、メートル以外の単位を使う可能性があります。このホテルは外国人の利用者が多いので、ロビーに英語表記の地図がございます。そこには、富士山の高さがフィートで表記されています。そちらを見に行ってみてはいかがでしょうか」

面白くなってきた。僕はバトラーと一緒に、ロビーに向かった。

１２３９７ft

「あった！　これだ！　１２３９７フィート！」

僕は、うっかり子供のようによろこんだ。なんと楽しいアトラクションだ。こういうの、好きだ。紙に１２３９７を書き込み、ダイヤルロックのナンバーを完成させた。

「ありがとうございます。では、この数字でダイヤルロックを開けてまいります。麦彦様は、いったんお部屋に戻ってお待ちください」

もはや同僚の顔は浮かばなくなっていた。こんな手の込んだアトラクション、奴らにはできまい。ならば、Ｄ氏の正体はいったい……。僕は、Ｄ氏の正体を探る探偵のような気分を楽しみはじめていた。

部屋に戻ると、程なくバトラーが部屋をノックした。

「麦彦様、例の貸金庫、見事に開きました！」

差し出されたのは、跳び箱５段くらいはあろうかという大きな木箱だった。海外から送られてきたのだろうか、ところどころに貼られている注意書きのシールが英語だ。サッカーボール、サッカー選手のトレーディングカードの束、プロサッカーチームのユニフォームのレプリカ。スポーツカーや機関車の模型、お城が作れるブロック、釣り道具……。男の子が欲しがりそうなものが山ほど入っている。どうやら外国製のものが多い。

「なんだなんだ。これ、本当に僕宛なんですか？」

「さようでございます。ほら、ここに」

バトラーは箱の側面を示した。“to Mugihiko”とあった。

「あのう、Dって誰なんですか？」と、僕が言い切るより前に、バトラーが遮った。「このあとは当ホテルのレストランでお食事のご用意がございます。ご安心ください、お会計はすべてD様が支払い済みでございます。ごゆっくりお楽しみください。私は、食後にまた、こちらに伺います」

また来てくれるならと、D氏の正体に関する質問は、いったん飲み込んだ。

レストランの食事は、とてもおいしかった。フレンチのコース料理をひとりで食べる。なんとも大人だ。いや、僕はもう大人なのだ。今日で24歳なのだ。誕生日に受ける謎のもてなし。僕は食後のコーヒーを飲みながら、バトラーとの会話を頭の中で繰り返していた。どうもひっかかっていることがある。彼はこのレストランの会計を「D様が支払い済み」と言っていた。なんだろう、この違和感は。

食事を楽しんだ僕は、部屋に戻った。予告どおり、バトラーがやってきた。

「お食事はお楽しみいただけましたか？　これより、パジャマパーティーでございます。さあ、ホテルの浴衣に着替えて、お菓子をお召し上がりください。さらに、私がいろいろ面白い物語を持ってまいりましたので、お聞かせしましょう」

彼の手には、何冊もの絵本や児童書が抱えられている。

「まずは、ピーターパンのお話なんかはいかがです？」

僕は、はっきりめに言った。

「Dって誰なんですか？」

バトラーは、黙っている。僕は質問を重ねた。「あなたのことも、よくわからないんです。本当にホテルの人なんですか？　さっき、食事の前にあなたは、〝お会計はすべてD様が支払い済みでございます〟って言った」

「それは、先にD様がお支払いになったので、麦彦様にはお財布のご心配はいりませんよと」

「はい。ありがとうございます。メニューも見ました。なかなかの贅沢なお値段でした。ごちそうさまでした。でも、僕が気になっているのはそこじゃなくてですね……。あなたがホテル側の人なら、〝支払い済みでございます〟じゃなくて〝頂戴しております〟と言う方が自然じゃないですか？」

僕は、バトラーの顔色が少し変わったのを見逃さなかった。しかし、ただの焦りの色ということではなかった。図星を突かれて動揺したような、それでいて、僕の推理に感心もしたような、そんな複雑な顔だった。バトラーは少し考えてから口を開いた。

「私は、ホテルの人間ではありません。D様個人から雇われた、使用人です」

「そうですか。で？　そのDというのはどこの誰なんですか」

「スコットランドにお住まいの日本人です。建築関係のお仕事をされています」

ピンときた。覚悟して聞いた。

「Dは、僕の父ですか」

バトラーは、多めに息を吸い込んで、少し止めて、ゆっくり吐いた。そして、やわらかい声で答えた。

「そうです」

こんな大きな展開を迎えたにもかかわらず、僕が冷静でいられたのは、老舗のクラシックホテルという非日常の中にいたからだろう。

バトラーは続けた。

「D様は、麦彦様が大人になるまで、父親らしいことを一切してさしあげられなかったことを、悔やまれているのです。D様は、あなたのお誕生日がくるごとに、プレゼントを買っていらっしゃいました。渡すことができないプレゼントは年々溜まっていき、今ここに、ようやくお届けできたのです」

「そうですか。でも、あのダイヤルロックのくだり、あれ嘘ですよね。いくら立派な貸金庫でも、こんな大きな木箱は入りっこない。どこか違う部屋に置いてあったものを、持ってきたんじゃないですか？」

「そのとおりです。隣の部屋です。私が泊まっています」

「なんでわざわざ、あんなゲーム形式に」

「麦彦様と遊びたかったのです。遊んでやれなかったことを悔やんでおられるのです。遠い国に住んでいるけれど、一日だって麦彦様のことを忘れたことはありません」バトラーは涙声になっていた。声が少し高くなり、ゆらゆらと泳いでいる。僕の推理は確信に変わった。

「もういいよ、あなたは、僕のお父さんですね？」

バトラーの動きが止まった。

「僕と、泣き方が一緒です」

バトラーは細かく何度もうなずいて「そうだ。私は……」目を合わせて続けた「君の父親だ」。

「やっぱりそうでしたか。どうしてこんなことを」

英国紳士は、ベッドにずっしりと腰かけた。

「お前に会いたかったんだ。しかし、幼いお前を置いて、むこうに渡ってしまった私には、合わせる顔がない。そして考えたのがこの、作戦Dだったんだ」

「作戦D。Dって、作戦DのDだったのか」

「まあ、そうだ」

「ってことは、作戦AもBもCもあったんですか」

「あった。あったが、どれも失敗に終わった。今回が4度目のチャレンジだった。お前が20歳のとき、謎のキャンペーンで旅行が当選しなかったか？」

「あった、スコットランド。あれかー。怪しいから捨てたや。……てことはBとCは」

「アストンマーティンと、高級ゴルフクラブのセット」

「あれかー」

「麦彦、大きくなったな」

僕と父はいつのまにか笑っていた。笑い方も一緒だった。

僕はハイボールを2杯作った。バーカウンターに並んで座り、黙って乾杯した。僕は父にいろいろな話をした。会社では、友達に恵まれていること。残念ながらサッカーより野球が好きなこと。お父さんのことを恨んだりなんかしていないこと。

ハイボールは、僕の中に、味だけじゃなく時間も運んでくれた。


この作品は、箱根・富士屋ホテルで行われたウイスキー「デュワーズ」のキャンペーンイベントのために書いたストーリーをノベライズしたものです。

ひみつぼ

タコ漁で使うタコ壺には、エサは入っていないんだそうだ。ではなぜタコが入るのかというと、入りやすいからだそうだ。ところで壺漬けカルビがうまいのは、壺の中でよく混ざって、タレがからんで、味が馴染んで、熟成されるから。でも、混ざってからんで馴染めばいいのなら、べつに壺じゃなくても良いはず。ビニール袋でも、ポリプロピレンの食品保存容器でもかまわないはず。しかし、どれがうまそうかといえば、やはり壺である。タコにせよ、人にせよ、壺というものにはなぜかひかれる。これは、そんな壺にまつわるこばなし。

商店街。男は、腕を組み、小首を傾げ「んー?」と、うなっていた。視線の先には、骨董品屋のガラス越しに見える、手頃なサイズの壺。値札は手書きで〝1万7000円〟と書かれている。

店主が男に気づき、声をかけた。

「いらっしゃいまし」

「あのお、壺なんだけどね、黒い」

「ああ、お目が高い。ありがとうございます。1万7000円です」

「あ、いや、買いたいということではないんだ。ちょいと聞きたいことがあってな」

実はこの男、昨日も同じように店の前に来ていた。その前の日も、さらに前の前の日も、毎日この店の前にやってきては、「んー？」と、うなっていた。べつに壺に目が利いたわけではない。男が気になっていたのは、その値段である。〝1万7000円〟と書かれているこの値札、昨日は〝1万6000円〟だった。その前の日は〝1万5000円〟。前の前の日は〝1万4000円〟。つまり、1日100円ずつ値上がりしていたのだ。同じ棚には、その壺の他にも商品は並んでいたが、それらの値段は変わることはなかった。

「なあ店主、あの壺は、なぜ日に100円上がる」

「骨董品ですから、古くなるほど価値が上がるんですよ」

「そうかもしれないけど。同じ棚に並んでる硯や皿の値段は変わってないじゃないか」

「そりゃあお客さん、硯や皿に〝あれ〟を入れては、こぼれてしまいますから……、おっと！　何でもありません。へっへっへ」

店主は実にわざとらしく思わせぶりに口を閉ざした。男は素直に気になったが、その日は謎のままにして帰った。

翌日、男がまた店の前を通ると、珍しく閉まっていた。ショーケースの中には、見慣れた例の壺が、ぽつねんとたたずんでいる。値段は、１万７００円。昨日のままだ。

丁度そこへ、仕入れに出かけていた店主が帰ってきた。男は思わず物陰に隠れ、そっと様子をうかがった。店主は店の鍵を開け中へ入ると、なんと例の黒い壺と、その値札を手に取った。そして壺を机の上に置き、何かをひそひそとしゃべっている。少し笑い、またひそひそとしゃべる。また笑う。

「あの店主、いったい何をやってんだろう……」

店主はひとしきり独り言をしゃべると、なんと壺の値段を書き換えた。

「あ！　書き換えた！」

男は、思わず店に飛び込む。

「店主。今、壺の値札、書き換えたよね！」

「あれ、昨日のお客さん」

「何で書き換えた！」

「ペンで」

「そういうことを聞いてるんじゃない！　しかもその前に、壺に何かしゃべってたな!?　何をしゃべってた!?」

「見られちゃいましたねえ、入れているところを……」

店主は男をなだめ、お茶を差し出し、やおら語り出した。

「骨董屋は仕事柄、いろいろな家にお邪魔します。古い家柄の屋敷、貴重な品を持っている専門職の方の家、ときには、政治家の先生のご自宅に伺うこともある。そうすると、いろいろな話が耳に入るんです。大事な企業秘密や、それぞれの業界内でのうわさ。まーどれも面白くて、内緒と分かっていながら、みんなに言いふらしたくなってしまう。そこで私は、この壺の中に内緒話をしまっておくことにしたんですよ」

男は骨董屋の低い語り口の話を聞きながら、壺に目をやって、お茶をゴクリと飲んだ。

「例えば？」

「言っちゃっちゃあ内緒にならない」

「では、話のタイトルだけでも」

店主はしかたないなというふうな顔で小さくあたりを見回し、男の耳元にささやいた。

「コーラのレシピ。ネッシーの真相。スプーン曲げのトリック。3億円事件の真犯人。アメリカ政府と宇宙人の関係。保健の先生は女子だけ集めて何を話したのか……」

「そんなことまで。実に知りたい秘密ばかりだ。で、それじゃあ、さっきのも？」

「へい。今日は漫画家の先生のお宅にお邪魔しましてね、今連載中の漫画の最終回がどうなるかを知ってしまいまして。内緒にしてくれと言われましたので、この中に収めていたんですよ。で、そのぶん100円値上げして、1万8000円になりました」

「この壺の中には面白い内緒話がたっぷり入ってるというわけか」

「そういうことです。まあでも、もしも売れてしまったら、中身ごとお譲りしなくちゃあなりませんけどね」

欲しい。しかもけっこうな秘密がひとつ100円とは安い。でも、それ以上に、怪しい。

「まあ、やめとくよ」

「はいはい。またのご来店をお待ちしております」

それからしばらく、その壺は1万8000円のままだった。男の壺に対する興味も、何となく、遠のいた。

ところが、数週間たったある日、店の前を通りかかると、壺の値段が変わっていた。

〝101万800円〟。

一気に100万円も上がっていたのだ。男はひっくり返って驚いた。大慌てで立ち上がり、店に飛び込む。

「何があった！　100万円も値上がりしてるじゃないか！」

男はとうとう、壺を買った。


家に持ち帰り、丁寧に梱包を解き、そーっとふたを開ける。そこには見慣れた黒い壺。男は満を持して、壺の中をそーっと覗き込んだ。……なんにも見えない。耳を当ててみた。なんにも聞こえない。手を入れてみた。

ひんやりとした壺の底に手が届いた。なんにも入ってない。

「騙された」

男は、壺を抱えて骨董屋に走った。

「やい店主！　この壺、覗いても何も見えないし、耳当てても何も聞こえないし、何も出てきやしないじゃないか！」

店主は落ち着いた口調で答えた。

「そりゃそうですよ。あのねえお客さん、確かにあの壺にはたくさんの内緒話を入れました。でも、入れることはできても、出すことはできないんですよ」

「はあ？　そういう大事なことは先に言いなさいよ！」

「ただし、どうしてもと言うのなら、出す方法がないこともない」

「……じゃあ、最初っからそれを教えてくれたらいいのに」

「割るんです」

「割る!?」

「へい。ただし、割ったが最後、溜まりに溜まった内緒話がぶちまけられて、大変なことになってしまう。だから出せないいんじゃない。出せないこともないが出すと大変だから出さない方が無難、ということです」

壺は返品された。店主は、さっき男が支払った１０１万８０００円を、そのままきっちり払い戻した。

「またご利用ください」

男はお金を懐に入れ、店を出ようとしたが、いったん立ち止まり、店主のそばへ戻った。

「ときに、最後に入れた１００万円もする内緒話ってなんだったんです？」

「言っちゃっちゃあ内緒じゃなくなります」

「そこを何とか、タイトルだけでも」

店主はしかたないなというふうな顔で小さくあたりを見回し、男の耳元にささやいた。

「徳川埋蔵金のありか」

男は迷わず壺をつかんだ。

「割ろう」

「やめてください」

「じゃあ教えてくれ！」

「内緒です！」

ふたりは壺を奪い合う。

「壺を割るか、あんたが口を割るかのどっちかだ！」

次の瞬間、ふたりの手を、壺がツルリと滑り、ひっくり返って真っ逆さまに落ちていき、パリーン！　と割れてしまった。これまで溜め込んだ全ての内緒話が、ドバー！　っと男の耳に流れ込んだ。

男は、ひざから崩れ、両手を地についた。

「……そんな、まさか」

店主は、冷めた目で男を見下ろした。

「言わんこっちゃない。世の中にはねえ、知らない方がいいことだってあるんですよ」

男は相当のショックを受けた様子だった。

「そうだったのか……アメリカ政府は埋蔵金で宇宙人からコーラのレシピを買って、3億円事件の犯人であるネッシーに曲がったスプーンで飲ませた……、という最終回なのか。あの漫画は」

「……ん？」

店主は首を傾げた。おかしい。そんなデタラメな内緒話ではなかったはずだ。しかし、店主はすぐに気がついた。

「なんてこった！　溜め込んだ内緒話が、混ざってからんで馴染んでいる！」

店主は焦って男に聞いた。

「おい！　原形をとどめてる部分はないのか！」

「そうかー、保健の先生は女子だけ集めて、あの話をしたのか」

「そこか〜！」

店主はうなだれた。

男は腕を組み、言った。

「いやー、それにしても、あの漫画、意外な最終回になるんだなあ」

「だんな、そんなストーリーの漫画は掲載されませんよ」

「え？　でも、そんなような話が、壺をひっくり返したら出てきましたよ？」

「いやいや、〝ツボ〟をひっくり返して出てきたようなお話じゃあ〝ボツ〟でございましょう」

二人の銀座コレクション

「二人の銀座」という曲がどうにも好きすぎて、歌い続けているうちに、失礼にも歌詞が独自に進化してしまいました。
まずは素敵なオリジナルから。

「二人の銀座」　作詞　永六輔／作曲　ザ・ベンチャーズ

♡♠待ちあわせて　歩く銀座

♡　灯ともし頃　恋の銀座
♠　僕と君が　映るウィンド
　　肩を寄せて　指をからませ
♡♠　二人の銀座
♡♠　触れあう頰　夜の二人
♡　甘い香り　熱い二人
♠　みゆき通り　すずらん通り
　　なにも言わず　ときめく胸の
♡♠　二人の銀座
♡♠　銀座　二人だけの
　　星もネオンも　僕と私のもの
　　夜も更けて　消えたネオン
♡　星空だけ　恋人だけ
♠　ペーヴメントに　よりそう影が
　　かさなる時　初めてのキス
♡♠　二人の銀座

♡♠ 銀座　二人だけの
星もネオンも　僕と私のもの
夜も更けて　消えたネオン
♡ 星空だけ　恋人だけ
♠ ペーヴメントに　よりそう影が
かさなる時　初めてのキス
♡♠ 二人の銀座
二人の銀座
二人の銀座

替え歌　その1
「会えない銀座」

♡♠ 待っちーあーわせってー　待ーちあわーせーてー
♡ 待っちーあーわせーてー　待ーちあわっせーてー
♠ 待ーちあわせーて　待ーちあわーせて
待ーちあわせて　待ちあわせたけど
♡♠ まーるでー会えーなーいー
♡♠ 時間決めて　待ちあわっせーてー
♡ 場所も決めて　待ちあわっせーてー
♠ 時間どおり　約束どおり
場所も合ってる　そーのはずなのに
♡♠ まーるでー会えーなーいー

♡♠ 銀座　意外ーと広ーいー
ビルも通りも　地上も地下もある
渋谷にある　ハチ公像
♡ ああいうのが　あればいいな
♠ 住所の上では銀座じゃないのに

店によっては銀座を名乗って

♡♠　無限の銀座

♡♠　そうだ　ハチ公じゃなくて

ゴジラがあるや

あれは銀座じゃない！

ＪＲの　山手線に

♡　銀座駅は　存在しない

♠　地下鉄なら　銀座という名の

駅はあるけど　逆に複雑か

♡♠　銀座線とか

日比谷線とか

丸ノ内線……

替え歌　その2

「二人のビンタ」

♡♠　蜂がとまって　君をビンタ
♡刺されちゃだめ　だからビンタ
♠僕が君をビンタするなり
　君は僕にビンタし返す
♡♠　無〜限のビンタ
♡♠　腫れてる顔　さらにビンタ
♡赤い顔に　全力ビンタ
♠右をビンタ　左をビンタ
　左右同時に　両手でビンタ
♡♠　無〜限のビンタ

♡♠　ビンタ　痛いだけよ

損するだけで　生産性がない
夜も更けて　続くビンタ
♡朝がきても　続くビンタ
♠のぼる朝日に　よりそう影が
かさなる時　初めてのキス
♡♠……からのビンタ

♡♠　ビンタ　くたびれたの
骨折り損よ　ぜんぜん寝てないし
夜も更けて　消えた二人
♡星空だけ　誰もいない
♠おしゃれでリッチな　銀座の街には
ビンタなんて　ないと見せかけて
♡♠　再びビンタ
もいちどビンタ
蜂に刺された

替え歌　その3

" Foot early now GINZA "

♡♠ Matt tea hour setting. And look GINZA.
♡ Hit on mash in god low. Cow in out GINZA.
♠ Back to keep me gat would to look window.
Curtain war your sudden. You'll be on color myself.
♡♠ Foot early now GINZA.
♡♠ Flower would hot hot. Your look know foot early.
♡ Am I in car early. Art in foot early.
♠ Me you kid all in suit land only.
Now need more in was talk keep met could moon need know.
♡♠ Foot early now GINZA.

♡♠ GINZA. Foot early duck and now.
How she more kneed on more.
Back to what a she know more now.
Your look more fuck eighteen. Keep enter need on.
♡ How she's on love dark end. Cow will bit on duck end.
♠ Pavement need your read sow car get girl.
Casa now look talk it. Her gym meat no KISS.
♡♠ Foot early now GINZA.

♡♠ GINZA. Foot early duck and now.
How she more kneed on more.
Back to what a she know more now.
Your look more fuck eighteen. Keep enter need on.
♡ How she's on love dark end. Cow will bit on duck end.
♠ Pavement need your read sow car get girl.
Casa now look talk it. Her gym meat no KISS.
♡♠ Foot early now GINZA.
Foot early now GINZA.
Foot early now GINZA.

替え歌　その4

「銀座の字書き唄」

♡♠「へ」の字があって「二」の字を書いて
♡矢印一本　地面に着いた
♠「ヨ」の字の横から「レ」の字を伸ばして
ちっちゃい「ノ」の字を　斜めに払えば
♡♠　これが「銀」の字

♡♠　短い棒　地面に刺して
♡「ノ」の字を一本　縦に伸ばし
♠「人」と「人」が仲良くならんで
ちょいとノッポな「土」の字書いたら
♡♠「座」の字も書けた

♡♠「銀座」あっというまに
「銀座」が書けた　それではもう一度
「へ」の字があって「二」の字を書いて
♡矢印一本　地面に着いた
♠「ヨ」の字の横から「レ」の字を伸ばして
ちっちゃい「ノ」の字を　斜めに払えば
♡♠これが「銀」の字

♡♠銀座　二人だけの
星もネオンも　僕と私のもの
短い棒　地面に刺して
♡「ノ」の字を一本　縦に伸ばし
♠「人」と「人」が仲良くならんで
ちょいとノッポな「土」の字書いたら
♡♠「座」の字も書けた
「銀座」が書けた
「座銀」も書ける

原曲「二人の銀座」の作詞は、永六輔さんです。替え歌をつくりたいという旨を、ご遺族にお伝えしたところ、快くお許しいただきました。たいへん丁寧なご対応を、本当にありがとうございました。

小林賢太郎

しあわせ保険『バランス』

〝人生には、不幸と幸福が同じだけやってくる、なんて話もありますが、実際はどうでしょう。幸せいっぱいの人生もあれば、不幸続きの人もいる。そこでこの、しあわせ保険『バランス』がお役に立ちます。さあ、ラッキーで、アンラッキーを埋め合わせましょう！　なお、しあわせ保険では……〟

小山内（おさない）は猛烈に興奮していた。深夜、ラジオのつまみをひねっていたら、ノイズの向こう側から聞こえてきた、あるコマーシャル。その内容が、まさに今の自分が必要としているものだったのだ。チューニング中にたまたま聞こえてきたから、どのラジオ局で放送されていたのかは、もはや分からない。また聴きたくて、しばらくはラジオをつけっ放しにしていたが、あれ以来、流れてはこなかった。

学生時代は、ずっと成績が悪かった。小山内はこれをアンラッキーのせいだと思っている。もっと勉強をするとか、そういうことではない。面白くて分かりやすい授業をする先生に巡り合わなかったのがアンラッキーなのだ。そのせいで受験にも失敗したし、そのせいで就職もできなかった。だからお金もない。ときどき宝くじを買うが、当たったことはない。これもアンラッキーの仕業だと思っている。

子供の頃から運動が嫌いで、今も当然のようにだらしない体をしている。しかし、トレーニングをするとか、食事の内容に気をつけるとかは、一切しない。小山内はこれもアンラッキーのせいだと思っている。運動が好きな自分に生まれなかったことが、実にアンラッキーなのだ。

とにかく努力という努力をしたくなかった。彼はそれすらも、アンラッキーなこととして捉えている。努力をしない自分が悪いのではなくて、努力できるタイプの人間に生まれなかったことが、実にアンラッキーなのだ。生い立ち、環境、社会、自分の周りのなにもかもがアンラッキー。彼はそう信じて疑わなかった。

しかし、である。この保険にさえ入れば、自分のアンラッキーな人生はV字回復する。なにせ、ラッキーでアンラッキーを埋め合わせられるのだ。小山内は、ラジオから聞こえた『しあわせ保険バランス』という言葉をたよりに、窓口がどこにあるのかを探した。ホームページがあった。笑っているカップルや、子犬を抱いた少女などの笑顔がならんでいる。いかにも幸せそうだ。プランごとの掛け金や補償内容などを知りたかったが、説明文はなんだか専門用語が多くてとても読みづらい。窓口の場所などを調べようと思ったが、地図も分かりにくい。電話番号があった。深夜だったが〝音声ガイダンスによるご案内です〟と書いてあったので、かけてみた。男性の声だった。「お電話ありがとうございます。しあわせ保険の各プランに関するお問い合わせは1を、プランと補償内容に関するお問い合わせは2を、窓口へのアクセス案内は3を押してください」

3を押してみた。

「窓口へのアクセスのご案内です。電車をご利用の方は1を、バスをご利用の方は2を、お車でお越しの方は3を、自転車で……」

このあたりで電話を切った。

朝を待った。家の電話台にある黄色くて分厚い電話帳を開いてみる。電話番号は〝し〟の頁のはじめの方に載っていた。電話はすぐに繋がった。

「お電話ありがとうございます」

音声ガイダンスと同じ男の声だ。

「あ、ホームページで分からないことがあって電話したんですが……」

「はい、どういったことでしょうか」

音声ガイダンスではなかった。

電話の男は、あらゆる質問に丁寧に答えてくれた。窓口への行き方を教わった。思いのほか近所だった。

「窓口担当の土間口が承りました。ご来店、お待ちしております」


最寄りの駅で言えばひとつとなりだが、家からは自転車の距離だった。商店街の一本裏道にある、ちいさな保険屋さん。店内は明るく、整然としていた。そこそこ広かったが、店員がひとり「窓口」と書かれたカウンターに座っている。ほかに人は見当たらなかった。

「いらっしゃいませ。小山内様ですか？」

真面目で信用できそうな大人の男性。電話で対応してくれた土間口だった。

「あれを聞いてお越しいただいたんですか。いやー、これはラッキーですよ。あのラジオCM、一回しか放送してないんですよ。それを聞いていただけただなんて、いやあ、あなたは実にラッキーなお方だ」

　小山内は緊張していたが、土間口の話し方と「ラッキー」という言葉の響きを聞いて、安心感を得た。

　しあわせ保険には、いろいろなプランがあった。ひとつひとつ丁寧に説明する土間口。

「まずは基本プランの『バランス』。コマーシャルでお聞きいただいたとおりの、ラッキーでアンラッキーを埋め合わせるというものでございます。次のこちらは、掛け金は高額ですが、補償も分厚いプラン『ウハウハ』。アンラッキーの度合いにかかわらず、超ラッキーが舞い込んでくる、というものでございます。そしてこちらは、負担が軽い分、補償もそれなりのプラン『ささやか』。アンラッキーの度合いにかかわらず、ラッキーを小分けに補償する、というものでございます」

　オプションも充実していた。契約前のアンラッキーも補償の対象となる『さかのぼりオプション』や、今後降りかかるであろうアンラッキーに備えて、ラッキーを前倒しにする『さきどりオプション』。ラッキーの受取りを、自分以外の人に分け与えられる『おすそわけオプション』というのもあった。仕組みは分からないが、小山内は疑ってもいなかった。

　土間口の話では、しあわせ保険で支払われたラッキーは、返却させられることはないという。つまり、いったんもらってしまえばこっちのもの。ラッキーは保険金と違って形がないから、返しようがないのだ。小山内は、なんとかして少しでも多くのラッキーをふんだくってやろうと思った。

小山内は、基本の『バランス』プランを選んだ。オプションはつけなかった。

目の前に、細かい字がたくさん書かれた紙の束が差し出された。やはり保険は保険。甲だの乙だの、やたら難しい契約書があるのだ。土間口は分かりやすく嚙み砕いて説明してくれていたが、天性の面倒臭がりやの小山内は聞き流していた。それどころか、パンフレットに載っている笑顔のカップルの写真や、子犬を抱いた少女の写真を見て「こいつらは見た目がきれいに生まれたから、こうやってモデルをやってるんだ。ただラッキーなだけで、幸せな人生を送ってやがる。俺はそのラッキーを今こうして金で買ってやるんだ」なんてことを考えていた。

契約書の内容確認もそこそこに、小山内は土間口に言われるがままに実印を押しまくる。そして最後に「同意する」に丸をした。

これにて契約は無事に完了。これからいかなるアンラッキーが降りかかろうと、それと同じだけのラッキーが舞い込んでくるのだ。ワクワクが止まらない。店を出ようとしたら、通りを挟んで斜め向かい側に、宝くじ売り場があった。小山内はふと思った。契約が済んだ今、もし宝くじを買って当たったりした場合、逆にアンラッキーな何かが補償されてしまうのだろうか。不安になって土間口に聞いてみようと思ったそのとき、小山内は息ができなくなり、まるで存在が消滅するようにその場に倒れた。

それを土間口は、顔色ひとつ変えずに見ていた。

次の瞬間、ある人がお腹いっぱいになった。それは、飢餓に苦しむ貧しい国の人。またある人には、勉強する機会が与えられた。それは、国に学校制度がなく、教育を受けられずにいた人。また別のある人は、安全な明日を手にいれた。それは、民族間の争いに巻き込まれ、難民生活を余儀なくされていた人。その他、大勢に大量のラッキーが支払われた。

〝人生には、不幸と幸福が同じだけやってくる、なんて話もありますが、実際はどうでしょう。幸せいっぱいの人生もあれば、不幸続きの人もいる。そこでこの、しあわせ保険『バランス』がお役に立ちます。さあ、ラッキーで、アンラッキーを埋め合わせましょう！　なお、しあわせ保険では、全世界のしあわせ指数をきちんと調査したうえで保険の適応審査を行っております。不平等はございませんのでご安心ください。ご来店、お待ちしております〟

「現代の日本に生まれたということが、世界のなかでどれだけラッキーなことか。こうなることは分かっていたので、サービスで、おすそわけオプションをつけておきました。あなたのラッキーが、本当にアンラッキーな人々に有効活用されるようにね。いやー、小山内さん。あのCMを聞いてしまったのが運の尽きでしたね。ご来店、ありがとうございました」

するると突然、小山内が元気良く立ち上がった。

腰を抜かしたのは土間口だ。

「お、お、小山内さん！　なんで！」

「土間口さん、俺はさあ、一回しか流れなかったラジオCMを聞いちゃったから、今ここでぶっ倒れてたんだよねえ。これって、アンラッキーってことでしょ！　その分のラッキーが補償されて、復活しちゃいましたよ。いやー、信用できる保険会社だ」

今回の支払いで、お腹いっぱいになった人も、勉強する機会が与えられた人も、安全な明日を手にいれた人も、そして、いったんくたばって復活した小山内も、一度受けとったラッキーは、返却はできない。最後に小山内に支払った分で、在庫のラッキーは底をついた。まさかの展開に土間口はつぶやいた。

「よかったー。自分にも保険かけといて」

雨と風とミイラに関するいくつかの考察

「雨降って、地固まる」のための、いくつかの工程

1 ─ 雨降って ⬇ 地、固まる。

2 ─ 雨降って ⬇ 地濡れて ⬇ 地乾いて ⬇ 地、固まる。

3

雨降って⬇地ぬかるんで⬇タイヤ埋まって⬇渋滞起こって⬇国土交通省動いて⬇舗装されて⬇地、固まる。

4

雨降って⬇出かけるのやめて⬇家でご飯食べて⬇料理の腕上がって⬇店開いて⬇行列ができて⬇地、固まる。

5

雨降って⬇コップに水溜まって⬇シーソー傾いて⬇ビー玉ころがって⬇容器に入って⬇滑車のおもり下がって⬇ストッパーになっていたマッチ箱外れて⬇ドラム缶ころがって⬇地、固まる。

「風が吹けば桶屋が儲かる」のための、いくつかの工程

1

風が吹けば⬇瓦が飛ぶ⬇雨漏りを受ける桶が足りなくなる⬇桶屋が儲か

る。

2

風が吹けば ⬇ 砂埃が舞う ⬇ 目に入ったらいやなので水中メガネをかける ⬇ 水中メガネを探すためにタンスを開けたら、なくしたと思っていた万年筆が出てくる ⬇ インクが漏れて手につく ⬇ どこにいても手を洗えるように家のいたるところに桶を置いておくことにする ⬇ 桶屋が儲かる。

3

風が吹けば ⬇ ヒュ〜と音がする ⬇ 幽霊が「出番ですか！」と言う ⬇ 司会の人が「まだですよ！」と言う ⬇ 「なんだ、まだかい」と言って、幽霊は楽屋に戻る ⬇ 実はこの幽霊、四谷怪談のお岩 ⬇ 同じ楽屋の先輩幽霊、お菊が言う「お岩、また出番を間違えたのかい？」 ⬇ 「すいません、お菊さん。ゆるしてくんなんし」 ⬇ しかしお菊はお岩を許さない ⬇ なぜかって？ ⬇ そりゃあ番町皿屋敷 ⬇ 皿が足りないだけに ⬇ 許す気は〝さらさら〟ない ⬇ てなわけで、楽屋でお岩とお菊がとっくみあいをしておりました ⬇ 「こら！　やめんか！　頭を冷やせ！」と支配人 ⬇ ふたりに桶で水をぶっかける ⬇ このエピソードが「お岩お菊の濡れ話」として人気の演目になる ⬇ ロビーで売られるグッズは、ふ一たりのサイン入り桶 ⬇ 桶屋が儲かる。

4

風が吹けば ⬇ 板倒れて ⬇ 地、固まる ⬇ 地、固まれば ⬇ 地、ぬかるまなくなる ⬇ 地、ぬかるまなくなれば ⬇ 足元が汚れなくなる ⬇ 足を洗うタライは今のところいらないので ⬇ 桶屋の儲けに変化はない ⬇ 足元が汚れないとなれば ⬇ 新品の靴が履ける ⬇ 靴屋が儲かる ⬇ 靴に合わせて服も新しくしたくなる ⬇ 服屋も儲かる ⬇ 靴屋と服屋が儲かったので ⬇ 寿司屋に行く ⬇ 寿司屋も儲かる ⬇ ちなみに寿司桶は特に不足はしていないので ⬇ 桶屋の儲けに変化はない ⬇ 靴屋と服屋と寿司屋が儲かったので ⬇ 三人はそのまま温泉に行く ⬇ ちなみに温泉の手桶は特に不足はしていないので ⬇ 桶屋の儲けに変化はない ⬇ 羽振りのいい三人は温泉のポンプを全開にする ⬇ お湯が町に流れ出す ⬇ 地、ぬかるむ ⬇ 靴が汚れて、足を洗うタライが欲しくなる ⬇ 服も汚れて、洗濯桶が欲しくなる ⬇ 温泉宿の手桶が流れていってしまったので、新しいのが欲しくなる ⬇ ところで寿司屋は使ってた寿司桶をそのままに温泉に行ってしまったのでカビが生えてて ⬇ 桶屋が儲かる。

5

風が吹けば ⬇ 店の前の立て看板が倒れる ⬇ 看板娘のジェシカが、看板を立て直そうとする ⬇ たまたま通りかかったエリオットが「手伝いますよ」と言って、手を差し伸べる ⬇ 運命的な出会いを感じるふたり ⬇ すると、馬車から声が「エリオット様、晩餐会に遅れますぞ」⬇ エリオット、しぶしぶ馬車で去っていく ⬇ ジェシカは、身分の違いを感じ、エリオットへの想いをぐっと押し込める ⬇ それから数日後 ⬇ ジェシカが働く乾物屋に、新人の小僧、権助が雇われた ⬇ 権助、エリオットにそっくり ⬇ ジェシカは、ドキドキする ⬇ 権助とジェシカは、想いを寄せ合う ⬇ するとそこに、例の馬車 ⬇ 「エリオット様！ こんなところで何をされているのですか！」⬇ なんと権助の正体はエリオット王子だった ⬇ 引き裂かれるふたり ⬇ 連れ去られるエリオット ⬇ ジェシカ、馬車の中に魔女がいることに気がつく ⬇ ジェシカ、覚悟を決める ⬇ ジェシカ、タスキを巻いて、薙刀（なぎなた）を担ぎ、いざ、王子の城へ ⬇ 城は悪い魔女に乗っ取られていた ⬇ 魔女、ジェシカを食べようとする ⬇ エリオット「僕のジェシカに何をする！」⬇ 魔女「お黙り！ エリオット！」⬇ 「僕はエリオットなんかじゃない！ 乾物屋の権助でい！」⬇ エリオット、魔女を倒し、ジェシカを救う ⬇ ふたりはめおとなって、豆腐屋「ラビリンス」を始める ⬇ 江戸の人々が桶を持って豆腐を

――買いに来る ⬇ 桶屋が儲かる。

「ミイラ取りがミイラになる」
のための、いくつかの工程

1
――ミイラ取りが ⬇ ミイラ取りに行って ⬇ 砂漠で迷って ⬇ ミイラになる。

2
――ミイラ取りが ⬇ ミイラ取りに行って ⬇ ミイラを見る ⬇ ミイラ入れから ⬇ ミイラを出す ⬇ ミイラを置く ⬇ ミイラを見る ⬇ ミイラに見入る ⬇ 「ミイラ」と言う ⬇ それが呪文となり、謎の光に包まれる ⬇ ミイラになる。

3
――ミイラ取りが ⬇ ミイラ取りに行って ⬇ 砂漠で迷って ⬇ 未知の文明人、ライミ族に助けられる ⬇ そこはライミ王の宮殿 ⬇ 美味い料理やワインを振舞われた ⬇ ミイラ取りは「ずっとここにいるのもいいな」なんて思い始めた ⬇ 夜、

4

ミイラ取りが王宮の中を散歩していると、明かりが漏れる部屋から話し声が聞こえる ⬇ しかし、何語だかわからない謎の言語 ⬇ 興味本位でその部屋の窓を開けてみる ⬇ そこにいたのは全身が銀色の宇宙人たち ⬇ ライミ族の正体は、ライミ星人が人間に化けた姿だった ⬇ 地球を侵略しに来ていたのだ ⬇ 逃げるミイラ取り ⬇ 追う宇宙人 ⬇ ミイラ取りは捕まり、手術室へ連れて行かれる ⬇ 麻酔をかけられ ⬇ 気がつくと、自宅のベッドで眠っていた ⬇ 体に異変は感じない ⬇ 「あなたー、朝ごはんできてるわよー」 ⬇ なんだ夢だったのか ⬇ ダイニングルームに行くと ⬇ 妻も息子も宇宙人になっていた ⬇ 謎の光に包まれる ⬇ ミイラになる。

ミイラ取りが ⬇ ミイラ取りに行って ⬇ 雨降って ⬇ ミイラ、水で戻されて生き返る ⬇ ミイラ取り、がっかりする ⬇ ミイラ取りをミイラがはげます ⬇ ミイラ、エジプトにはミイラ以外にも見所はたくさんあると言う ⬇ ミイラ取りとミイラ、一緒に観光に行く ⬇ エジプト橋を見る ⬇ エジプトタワーにのぼる ⬇ エジプト丼を食べる ⬇ デザートはエジプト焼き ⬇ 土産に玉手箱を渡され「開けてはなりません」と言われる ⬇ 家に帰ってから我慢できずに開ける ⬇

―謎の光に包まれる ⬇ ミイラになる。

5

―ミイラ取りは ⬇ 雨が降ろうが ⬇ 風が吹こうが ⬇ どのみち ⬇ ミイラになる。

天狗天狗天狗祭り

著　ダビッド・C・アンダーソン
訳　尚子アンダーソン
THE DISCOVERY OF
TENGU-TENGU-TENGU MATSURI
by David C. Anderson

これは私、ダビッド・C・アンダーソンが、外国人にして初めて「よいとな」（＊1）に選ばれたときの体験である。

私は、ニューヨークの大学で日本について学んでいた。私の名前「アンダーソン」を漢字で書くにはどうすればいいかを調べて、「安（あん）」「田（だ）」「村（そん）」という漢字を覚えた。

大学を卒業した年の7月に、初めての日本旅行を計画した。どこに行こうか、ガイドブックや地図を調べていたところ、そこに運命的な発見があった。地図に「安田村」という村を見つけたのだ。

私は「安田村」についていろいろ調べた。まず、読み方は「あんだそん」ではなく「やすだむら」だった。青森県の山間部、人口が1000人ほどの小さな村。しかし一年に一度だけ、宿泊施設が足りなくなるほど人が集まる祭りがある。この村で1000年続く「天狗天狗天狗祭り」だ。

なぜ「天狗」と3回も書くのか。私は「天狗天狗天狗祭り」のことが知りたくて書籍やインターネットで調べてみた。まずわかったことは、この「天狗天狗天狗祭り」には、「よいとな選び」という年にひとりのラッキーボーイを決める最大のイベントがあるということ。その「よいとな」というラッキーボーイは、これまた年にひとりの「ひめひめ」というラッキーガールと、祭りの夜に何かしらのラッキーな体験をするらしい。これは「よいとなひめひめ」と呼ばれる儀式で、漢字では「宵大人秘姫」と書く。「宵」に「大人」が「秘めごと」を「姫」と、行う。日本語を勉強中の私にも、なにかセクシーなイメージが理解できた。

しかし、その「よいとなひめひめ」の具体的な内容は、１０００年守られてきた秘密だそうだ。知る方法はただひとつ。「よいとな選び」に参加し、「よいとな」の座を勝ち取り、自ら経験するしかない。

私は安田村の役場にメールをしてみた。もちろん、祭りの夜の秘密について聞いたわけではない。外国人が観光で行くにはどうすればいいのか、ということを問い合わせたのだ。

数日後、広報担当のナオコさんという方から、とても丁寧な返信があった。そこには、天狗天狗天狗祭りの簡単な歴史や、村までの交通機関の案内、そして、祭りには外国人も参加することができる、ということが書いてあった。私の日本旅行の行き先は、安田村に決まった。

成田空港に到着、入国審査を済ませる。村役場からの交通案内に従い、電車を乗り継ぐ。日本の交通機関はとてもわかりやすい。最後はバスに2時間揺られ、結局ブルックリンの自宅を出てから安田村に到着したのは24時間後。日本時間の夕方4時だった。

私はまず閉まる間際の村役場を訪れた。役場といってもビルではなく、普通の日本家屋の一部で、郵便局も兼ねていた。赤い筒状のポストがクールだ。

メールでの問い合わせに対応してくださった広報担当のナオコさんに会うこともできた。

ふっくらした可愛らしい女性だ。

私は「天狗天狗天狗祭り」についての多くの質問を、日本語に翻訳して練習してきた。私の日本語は上手ではなかったかもしれないが、なかなか通じたので嬉しかった。受付のカウンターには、ぜんぜん可愛くない村のマスコットキャラクター「天狗のヤスベエ」のぬいぐるみが置いてあった。

ナオコさんは、村長の秦さんを紹介してくれた。70歳になる秦さんは、彫りが深いハンサムなおじいさんだった。秦さんの家は代々石工業を営んでいて、この村で最も古くて大きなお屋敷だった。そこには村の歴史的な資料なども保管されていて、中でも私が注目したのは一本の巻物だ。村には「三つ葉の紋」（＊2）という、正三角形のシンボルマークがあり、マンホールなどにも刻まれている。巻物にもそのマークは描かれていて「三つ葉の虎の巻」と呼ばれていた。1000年も前のものらしく、かなり傷んでいる。しかも字が達筆すぎて、解読することは村長さんにも難しいとのことだった。けれど天狗天狗祭りのことに関してはけっこう絵が描いてあって、祭りのルールなどが見て取れた。村長さんに聞くと、この絵は、現在に伝わっている祭りの内容をきちんと描き表しているとのことだった。しかし、肝心の「よいとなひめひめ」に関しては、絵もなかった。村長さんに聞いても「それは秘密ですよ」と笑うだけだった。

ホテル湯田屋にチェックインして荷物を預け、あたりを散策した。夜やっている店はあまりなかったが、赤い提灯に誘われて「居酒屋さるたひこ」に入ってみた。店内は明るく、地元の客で賑わっていた。

食べ物はとてもおいしく、中でも、刻んだニシンを、そば粉を焼いたパンのようなものにのせて食べる郷土料理「なめろうのはらのせ」（＊3）は、地元産のワインによく合った。どうやら地ワインが名物らしく、店内にはポスターが貼られていて、天狗のヤスベエが「安田村のワインは安くてうまいんだべえ！」と、赤い顔で薦めている。

ほどなく役場の方々もやってきて、大宴会になった。村に外国人が来ることが珍しいようで、店員さんも、他のお客さんたちも、私を歓迎してくれた。ナオコさんは流暢に通訳をしてくれた。ナオコさんがこんなに英語を話せると知らなかった私は、無理に下手な日本語でがんばっていたことが少し恥ずかしかった。最後は皆さんが民謡を歌ってくれた。

「♪は〜、や〜れん、まかしょ〜、やら、まかしょ〜！」（＊4〜7）

お店の方が三味線を弾いてくれたり、お客さんもお箸でお皿を叩いたりしながら、大騒ぎだった。お会計のとき、皆さんが奢ってくれると申し出てくれたが、ちゃんと自分で払った。

レジの横には天狗のヤスベエの貯金箱が置いてあった。やはり可愛くない。そして、酔ったナオコさんは可愛かった。

祭り前日。私は天狗天狗大神社で、天狗天狗天狗祭りの準備を手伝わせてもらい、宮司さんに話を聞くことができた。天狗天狗大神社には「天狗天狗」という天狗が祀られている。日本には「天狗になる」という慣用句がある。天狗天狗とは「天狗が天狗になる」という、とても調子に乗っている状態を表している。その天狗天狗が年に一度、通常の天狗状態をさらに上回り、誰も手をつけられないほど調子に乗った天狗天狗天狗になる。そんな荒ぶる天狗天狗天狗天狗様を鎮める祭り。それこそが天狗天狗天狗天狗祭りなのである。

7月17日。いよいよ祭り当日。みんな朝から忙しそうだ。民家の前には、野菜やお菓子が飾られる。スイカにキュウリが刺さっている。トマトにアスパラガス（野菜）が刺さっている。丸めた素甘にアスパラガス（お菓子）が刺さっている。きっと天狗の顔なのだろう。

天狗天狗大神社の参道には屋台が立ち並ぶ。お面屋さんには、天狗のお面ばかりがいくつも売られている。でっかい天狗の顔があしらわれた天狗神輿は、素晴らしい完成度だった。子供バージョンのワラベ天狗神輿（＊8）は、担ぐ子供らが全員天狗のお面をかぶっている。

子供の声での掛け声が「えっさ〜！　えっさ〜！　どっこいしょ〜！」（＊9・10）とひびく。実に可愛らしい。私は写真を撮りまくった。

午後、いよいよ祭りの最大のイベント「よいとな選び」が行われる。私はエントリーシートに名前を書いた。くじ引きでスタートラインでの並び順を決めた。なかなか前の列を引き当てることができた。

スタートラインは参道の入り口にある。そこに、男たちがおよそ100人、それぞれの動きやすい格好でスタンバイしている。「よいとな選び」は伝統行事だが、参加者は郷土の民族衣装などは着ない。スポーツのユニフォームや、仕事着姿の大工さんや植木屋さんなど、みんなそれぞれに動きやすそうな格好をしている。中には、活きのいい裸の奴らもいる。私は、下はスウェットパンツ、上は成田空港で買った「一番」のTシャツで参加した。

この中のひとりが「よいとな」に選ばれ、そして今夜、「ひめひめ」と何かしらの秘密の時間を過ごすのだ。ちなみに今年の「ひめひめ」が誰なのかは「よいとな」になって「ひめひめ」に会うまでわからない。秘密は徹底されている。

地元のテレビ局や新聞社の取材も多く来ており、この祭りの注目度がうかがえる。天狗のヤスベエの着ぐるみも、カメラに映ろうと必死だ。

参道はおよそ250メートル。大太鼓の音がスタートの合図。ドーンという低い音がひびくと、参加者は一斉に歩きだした。走らない。歩くのだ。ゆっくり、穏やかに。これでおよそ50メートル進む。そして、もう一度太鼓の音が鳴ると、早足になった。スタスタと、100人が早足。これも、およそ50メートル。そして、三度目の太鼓が鳴った瞬間に、全員が一斉に猛ダッシュした。この三段階の加速は、天狗天狗様を驚かせないための配慮なのだそうだ。しかし、こんなルールでは、一段階、二段階目でズルをして、先頭に出てしまう者がいそうだ。けれど、そんなことは誰もしない。それは周りから見れば一目瞭然のマナー違反だし、そんなことをして「よいとな」の座を勝ち取ったとしても、物言いがつき、降ろされてしまうからである。「よいとな」は、参加者全員の満場一致で決まらなければならないのだ。「紳士であること」、これも「よいとな」の条件なのだ。「よいとな」には「善い大人」という意味もあると参加者から聞いた。

猛ダッシュゾーンで150メートル進むと、まもなく大階段がある。参加者は、この大階段を一気に駆け上がるのだが、この際、一段もとばしてはならない。一段一段、確実に踏んでいく。しかも「一！　二！　三！　四！　五！　六！　七！　八！……」と、段数を数えながら駆け上がっていくのだ。階段は108段あり、これを上ること自体が「祈り」なのである。私も初めは「一！　二！　三！　四！　五！　六！　七！　八！……」と、日本語で数えていたが、21あたりから英語になってしまっていた。けれど、誰も物言いをつけなかった。参加者は、皆私に優しく、気持ちのいい人ばかりだった。「ナイスガイであること」、これも「よいとな」の条件なのだ。

階段を上りきると鳥居がある。ここがいわば一度目のゴール。上位13人が通過したところで、大太鼓が「ドドドン！」と三度鳴った。この13名を「使徒」と呼ぶ。14番以下の者たちを「去り人」（＊11）と呼ぶ。去る人、と書いて「さりと」。さりとて、去らない。彼らは参道にとどまり、これから境内で行われる決勝戦を見守る。「去り人」の皆さんには、参加賞として、育毛剤の試供品などが、天狗のヤスベエの着ぐるみから配られた。

私はなんと、上位13人の中に入ることができた。境内には土俵があって、ここからは相撲大会。13人の複雑なトーナメント表が作られ、勝者が「よいとな」になれる。

「はっけよい！」「のこった！」「はっけよい！」「のこった！」（＊12・13）

これ、相撲の掛け声とは少し雰囲気が違う。参加者はタイミングもなく、ただずっと叫び続ける。

私は昔から勉強が専門で、もともと運動は苦手だ。もちろん格闘技の経験などない。しかし、どういうわけだか、私はぐいぐい勝ち進んだ。相手の動きが見えるのだ。たいして力も使わずに、避けたり、相手の方向を変えるために、ちょっと手で押したりしているうちに、いつのまにか勝ってしまう。相撲の強い天狗に取り憑かれたような、そんな気にすらなる。結局、私はこの相撲大会でまさかの優勝を果たした。つまり、「よいとな」の座を手にしたのだ。外国人初である。

トロフィーとして「いしうんぼう」(＊14)が手渡された。大きめの砥石くらいの大きさの、石細工の棒。石工職人による見事な彫刻が施されている。この棒自体が天狗の鼻を表しているのだが、先端にも小さな天狗の顔がある。天狗天狗、ということだ。「石運棒」と書くそうだ。石のように強い運気の棒という意味だろうか。

聞けば、数年前までは、この祭りに相撲大会はなかったそうだ。かつては、大階段を駆け抜けて、この石運棒をビーチフラッグのように摑んだ者が、その年の「よいとな」に選ばれていた。しかし、硬くて重い石の棒めがけて大勢が飛びつくことで、突き指をする参加者が続出。指に包帯を巻いた「よいとな」では、あまりにも絵にならない。そこで一度、石運棒の代用品として、マヨネーズの容器に砂を詰めたものが使用されたことがある。しかしこれでは風情がない、ということになり、結局相撲大会に落ち着いたのだそうだ。

私は神社の奥座敷に案内された。渡り廊下を抜けると、そこには普段は使われていない部屋があり、大きな扉が閉まっている。宮司さんは「結界を解きなさい」と言った。私は言われるがまま、鍵穴に石運棒を差し込んだ。

「カラカラカラ……コロコロコロ……」

なにか複雑なからくり装置が働いているのが音でわかる。

「カシャン」

乾いた音がして、重い扉が開いた。真っ暗な部屋に、光が差し込む。ゆっくりと見えてきたのは、まるで生きているかのような天狗の像だった。宮司さんはその像に丁寧に礼をして、山伏のような衣装を脱がせ、私に着せた。背中には、大きな正三角形の紋。宮司さんは私から石運棒を受け取り天狗像の前に置き、像が持っていた虎の巻を私に持たせた。

天狗の格好になった私を見て、宮司さんが驚いていた。「どうして驚いているのですか」と聞くと、「驚くほど似合っている」とのことだった。私の「よいとなが外国人ですいません」という気持ちが、少し救われた。

一方「よいとな」になれなかった12人の使徒たちは、次なる儀式の準備をしていた。彼らには彼らの役割があるのだ。境内に、青森のねぶたと同じ構造の、光る巨大な天狗天狗様が登場した。大迫力の光る天狗ねぶたに、見物客から歓声が湧く。ただ普通のねぶたと違うのは、顔。怖くないのだ。ちょけているというか、うかれている。より目で上目遣い。受け口で、舌が鼻を触っている。あきらかに、調子に乗っている。さすが、天狗天狗天狗様である。

12人は一斉にその天狗ねぶたを取り囲み、バンバンとたたき始める。天狗ねぶたは、その振動で波を打つように揺れ、まるでふざけているかのようにも見える。ヤスベエの着ぐるみも、その周りをうろうろしながら、大きなうちわで12人を煽る。観衆も沸く。取材のリポーターも「ご覧ください！　天狗天狗天狗様がふざけあげています！」と盛り上がる。

天狗になりきった私は、五重の塔の最上階に上がった。観衆から「おお～」というどよめきが上がる。私は火のついた弓矢を構え、巨大天狗天狗天狗ねぶたに放った。巨大天狗天狗天狗ねぶたは本当に巨大なので、弓を射る経験のない私の矢も、ちゃんと刺さった。そして、ものすごい火柱を立て、あっという間に燃え上がった。

そのときである、火の中から黒い人影のようなものが、まっすぐに飛び立った。煙だとも思うが、確かに人の形にも見える。その現象を人々は、天狗天狗の魂が宙に放り出されたのだと解釈しており「天狗のとんぼきり」と呼ぶ。

次の瞬間、宮司さんは私に「はい、気を失った」と言った。私は、気を失った感じに横になって、気を失っています、という感じの顔をした。もちろん、気など失っていないが、こうするべきだと、こういうものなんだと、すぐにわかったので、そうした。

宮司さんたちが私を運び、境内の中央にあるベンチのような台に寝かせる。12人の使徒は、私を取り囲み、手を取り合って、私を見つめる。この際、一言も言葉を発してはならない。そこに、空から例の黒い影がゆっくりと降りてきて、私の体にスッと入った。その瞬間、12人の使徒、宮司、見物客、とにかくそこにいる全員が一斉に声を出す。

「はー！　よーいとな！」

私は、目覚めた。気絶した演技をしていただけのはずなのに、本当に何かから目覚めた。眠っていたのか気絶していたのかはわからない。とにかく、入り口のなかった無意識の世界から、出た。

「よいとな」になった私は、「ひめひめ」の家に案内された。いよいよ「よいとなひめひめ」だ。

昔からその内容が秘密にされている、例の行事だ。到着したのは、村長さんのお屋敷の、離れの茶室。大きなのれんに下向きの三つ葉の紋があしらわれている。「よいとな」の上向きの三角と重なれば、星形になる。

「よいとなでございます」と言い、襖を開ける。そこにはとても美しい女性がいた。彼女はこの村の人ではないそうで、市内の方から役者さんに来てもらっているのだそうだ。ひめひめ役の彼女が座っている前に、次々とご馳走が運ばれてくる。そのつど彼女は「めしあがれ」と言った。お寿司、野菜炒め、グラタン、カキフライ。いろいろなものが、少しずつ。一皿一皿の量が少ないので、どれもおいしくいただいた。そして、最後にコーヒーが出た。「終わりです」宮司さんが言った。拍子抜けだ。いや、別に何かを期待していたわけではないが、本当に飯を食っただけなのだ。帰りに、ヤスベエのキーホルダーをひとつもらった。そして「今夜ここで受けたもてなしのことは、誰にも言わないように」と言われた。

こうして「よいとなひめひめ」の内容を秘密にしておくことこそが、この祭りの伝統が途絶えない秘訣なのだろう。私はこのことをここに英語で記しておくが、誰かが日本語に翻訳してしまわないことを願う。

祭りが終わり、私はなんだか元気だった。あれだけの運動をして、あれほどの大役を果たしたのに、まるで体が疲れていない。天狗天狗様のパワーを授かったのかもしれない。カメラを構え、祭りの後の境内や、後片付けをする裏方の皆さんの写真を撮っていた。

その景色は、平和そのものだった。物質的な豊かさはないが、みんな人として豊かな人生を送っている。今回のこの旅で、日本のイメージがだいぶ変わった。

実行委員会のテントの片隅で、天狗のヤスベエの着ぐるみがパイプ椅子に座っていた。私がうしろからそっとカメラを構えると、ちょうど着ぐるみが頭を脱いだ。驚いた。ナオコさんだった。私は思わず、写真を撮った。ナオコさんは恥ずかしそうに、「あれ、アンダーソンさん。もう、やめてくださいよ。すっぴんですよ」と、照れ臭そうに笑い、首の汗を拭った。私は、彼女の美しさにハートを撃ち抜かれた。

翌日。安田村を去る私を、皆さんがバス停まで見送りに来てくれた。村長さんが「いつでも帰ってこい」と言ってくれて、私は思わず泣いてしまった。私はナオコさんにこっそりラブレターを渡し、バスに乗り、帰路へとついた。

あれから10年。私は、ニューヨークの大学院で教員をやりながら、私のルーツであるイスラエルの文化について研究している。その中で、日本文化との偶然以上のいくつもの繋がりに気がつかされた。私が安田村の天狗天狗天狗祭りに行ったのは、なにかの導きだったのかもしれない。

今も毎年7月になると、必ず安田村を訪れている。天狗天狗様に会うため。そして、妻ナオコの里帰りとして。

最後に、ヘブライ語と日本語の変換資料を記しておく。
＊1「ヨーイトナ」＝「神の定めた人」＊2「ミツバ」＝「戒律」＊3「ハッラー」＝「ユダヤ教徒が安息日や祝祭日に食べるパン」＊4「ハア」＝「見よ」＊5「ヤーレン」＝「喜び歌う」＊6「マカシ」＝「隠れ場」＊7「ヤラー」＝「行こう、進もう」＊8「ワラッベン」＝「子供」＊9「エッサ」＝「運ぶ／持ち上げる」＊10「ドッコイショ」＝「押す人」＊11「サリド」＝「残りの民」＊12「ハッケヨイ」＝「投げうて」＊13「ノコッタ」＝「征服した」＊14「イーシュ」＝「男」

百文字こばなし

百にまつわる十篇

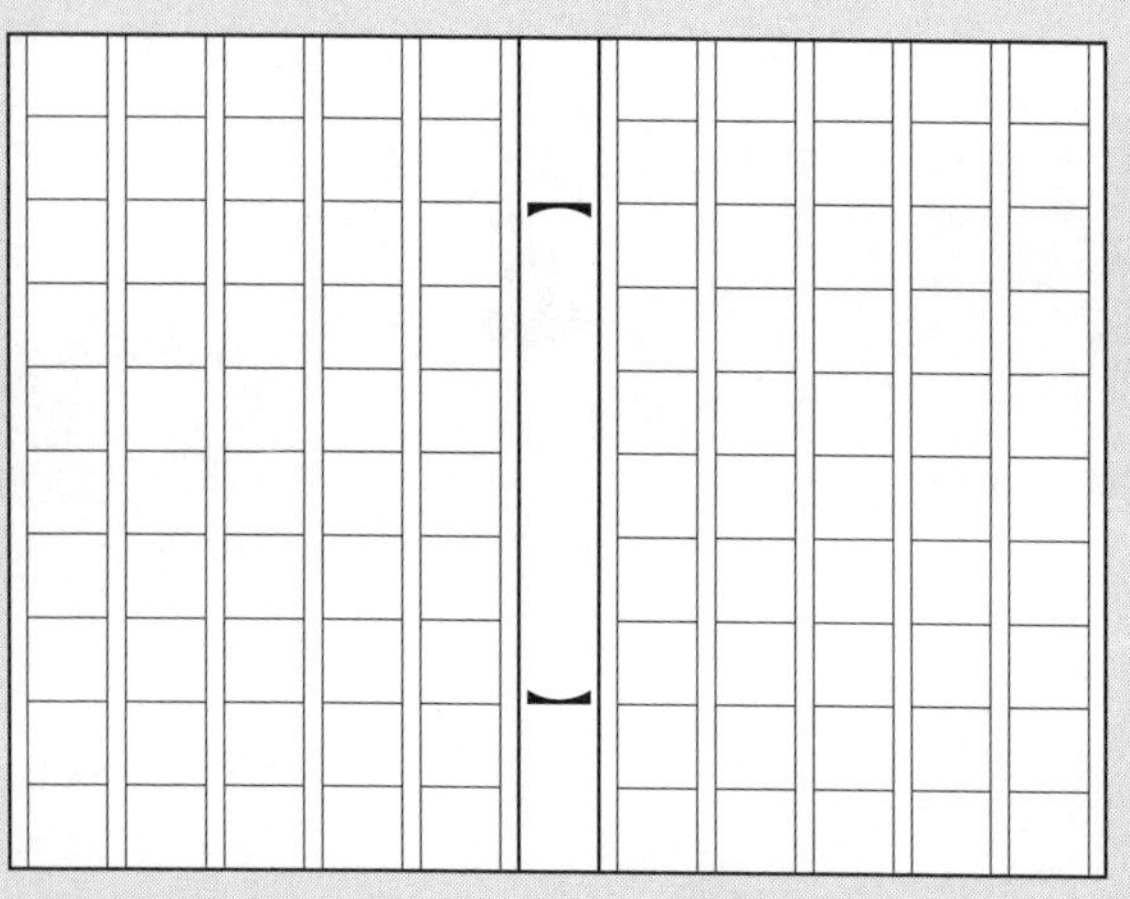

こばなしけんたろう

「百文字こばなし」

百文字こばなしとは、百文字詰めの原稿用紙にちょうど収まるように書く、短い文芸作品のことです。皆さんも

【　　　　】

書いてみませんか？細かいルールは、お好みで。最後のひとマスに。がちょうど収まると気持ちがいいですよ。

こばなしけんたろう

「百舌」

百舌と書いて「モズ」と読む。獲物を木に刺して放置する「はやにえ」が特徴。干物にしているのか、ただ遊んでいるだけなのか。その目的はわかっていない。本人に聞いても嘘ばかり答えそう。だって名前が百舌だもの。

こばなしけんたろう

「百科事典」

百科事典を使って「百科事典」を調べてみたら「これのこと」とあった。「これ」を調べてみたら「百科事典」

とあった。「調べる」を調べてみたら「お前が今やってること」とあったので、そのまま枕にして寝てやった。

こばなしけんたろう

「百人に聞きました」

百人に聞きました。宇宙人を信じますか？答えは半々だった。宇宙人がやってきたので正解を聞いてみた。「宇宙人ヲ信ジルカ？宇宙人ニヨルネ。イロンナ奴がイルカラ。地球人ドウシハドウダイ？」同じ答えだと思った。

こばなしけんたろう

「百足」

百足と書くが、ムカデの足の数は種類によって違う。あるムカデが自分の足をかぞえていた。何度かぞえても奇数。変だと思ったら指をさしている手をかぞえていなかった。ムカデは思った。どこからが上半身なんだろう。

こばなしけんたろう

「百葉箱」

百葉箱。学校の敷地内にある白いあいつ。夜になると動くらしい。校庭でジョギングをして、鉄棒で大車輪。壁【　】を登って、屋上で夜景を楽しんで、夜明け前に元の場所に戻るらしい。動く姿を見たら、夜、家に来るらしい。

こばなしけんたろう

「百問目」

百問目です。まずはこちらをご覧ください。（　）聞は一見にしかず・三つ子の魂（　）まで・（　）戦錬磨・

【　】

五十歩（　）歩・酒は（　）薬の長・（　）発（　）中・（　）害あって一利なし。では問題です。今何問目？

こばなしけんたろう

「百点」

百点とったらプレステを買ってくれると親が言うので、百点をとった。千点満点のテストだったことは、もちろん内緒だ。箱を開けたら、コントローラー一個と親からのメモ「本体とソフトまで、のこり九百点」ぎゃふん。

こばなしけんたろう

「百貨店」

百貨店のマジック用品売り場。私は実演販売士。金属のリングを繋ぐ手品をしていたら、客から「リングに穴があいてんだろ」と言われた。私は「そう、リングですから、真ん中に大きな穴がね」と答えた。売れなかった。

こばなしけんたろう

「百一メートル走」

百メートル走で、僕はたぶん世界で五十億番目くらいに遅い。でも誰もやってない百一メートル走なら、僕が世

【　】

界一速い。って考えた奴が百人いたら、きっと僕が一番遅い。でもそんな百人となら、友達になれる気がする。

こばなしけんたろう

思われ入門

君は、周りからどう思われたい？　実際の君がどんな人かは関係ない。思われたい理想の自分があるのなら、そう見えるように装えばいいんだ。進学や就職や転職のときは、みんな君のことを知らない人ばかり。仮面をかぶる絶好のチャンス。さあ、バレないようにウソの自分を演じきろう！

頭がいいと思われよう

頭がいいと思われるには、頭が悪いことを隠す必要があるぞ。バカだと思われたくないなら、バカがバレないように、なんでも知っているかのようにふるまおう。

「わからない」

これは、バカが言うことなんだ。こんなバカが言うことを言うと、バカだと思われてしまうぞ。もしわからないことや知らないことを聞かれても、とりあえず「わかってます」「知ってます」とウソをつくこと。そして、そこから先は必死にごまかして、その場をしのげばいいんだ。

例えば、誰かと一緒にテレビのクイズ番組を観ているとき、答えがわからなくても「わからない」「知らない」は、絶対に言わないこと。バレないように黙っておいて、正解が発表された瞬間に「やっぱりね」と言おう。知っていたふりをするだけで、頭がいいと思われるぞ。逆にもしも答えがわかったときは、できるだけ誰かに聞こえるように答えを言おう。テレビの中の芸能人の解答者は、企画を成立させることや、番組をショーとして盛り上げるために、解答以外にもいろいろなことに頭を使っているけど、君にはそんなことは関係ないな い。とにかく答えがわかった自分の頭の良さだけを強調して、自分の方がテレビの中にいる芸能人より頭がいいということをアピールしよう。

普段から頭がいい人が言いそうなことを、できるだけ言うようにしよう。専門用語や横文字を使った方が、頭がいい人に見えるぞ。語尾に「〜的」とつけるのも、頭が良さそうに見えるコツだ。例えば遅刻をした部下に注意をするとき。

「会社の決まりは守れよ。おい。何とか言えよ」

なんて言っちゃダメだ。頭がいいと思われたいなら、

「包括的に言及するならば、コンプライアンスに留意すべき、という観念形態、つまり私なりのイデオロギーってことだ。さあ、君の思考的基盤、あるいは概念的構成についてのプレゼンテーションを求めるね」

ほら、わかりにくくて、すごく頭が良さそうだろう？

頭がいい人はものしりだから、ことわざや四字熟語なんかを言うはずだ。いくつか覚えておいて、そういう状況が来たら、わざわざ言わなくていい状況でも、できるだけねじ込もう。

例えば、同僚に上司の悪口を言うとき。

「部長に媚びろってのかよ。俺には俺の考えがあるのにさあ。人望ないのは部長のせいじゃんかなあ」

なんて言っちゃダメ。頭がいいと思われたいなら、

「部長に阿諛追従は出来かねるね。児孫自ずから児孫の計ありってことだよ。徳高望重にあらぬは、これすなわち、因果応報なり」

ほら、頭が良さそうに聞こえるだろう？

人が考えたことを、あたかも自分が考えたことにするテクニックもあるぞ。頭が良さそうな手柄は、すべて自分が横取りしよう。頭いい人がテレビで言ってた話、頭いい友達がしていた話、全部君が思いついたってことにすればいいんだ。

君の部下が考えた頭いいことを、上司である君が考えたってことにして、もしそのウソが

バレそうになったらどうする？　そんな場合は、立場を全力で駆使して、口封じをしよう！　不満が出たら、クビにしちゃえばいいんだ。

!

ワンポイント
アドバイス

自宅を誰かに見られたときのために、本棚をできるだけ立派にしておこう。頭がいいと思われるために、たくさん本を読んでいるってことにするんだ。なるべく難しそうな本を目立つところに置くと効果的だぞ。

偉い人だと思われよう

大したことない人だということを隠して、偉い人だと思われよう。偉い人は、偉いから威張っていいはず。だから、自分より下だと見なした相手には、できるだけ威張って、偉さをアピールしよう。

飲食店の店員さんなどには、できるだけ横柄な態度を取ろう。例えばサービスに不手際があったら、ここぞとばかりに怒鳴りちらそう。本当は偉くないから普段威張れない分、こういうときこそチャンスだ！

人に物を教える機会があったら、これも威張るチャンスだ。教わる側を下に見て、めいっぱい威張ろう。もし出来が悪い教え子がいたら、ここぞとばかりに人間性から否定してやれ！　自分の方が人として上なんだということをアピールすることで、本当は底辺の人間だということを隠すんだ。

部下や後輩、弟分をできるだけたくさん引き連れて、偉さを周りにアピールするというやり方もあるぞ。部下、後輩、弟分に威張りちらしているところを周りの人に見せれば、偉い人だと思ってもらえるんだ。

偉い人だと思われるには、自分より偉い人を利用する方法もあるぞ。

偉い人の使い方⑴　知り合い自慢に使う

自分より偉くて有名な人と親しいということを、周りにアピールしよう。「そんなすごい人と知り合いだなんてすごい」と思わせるんだ。

偉い人の使い方⑵　踏み台にする

自分より偉い人の悪口を言おう。ウソでもいいので「あの人のああいうところは良くない」というふうに批評しよう。そうすればみんなは「あんな偉い人のことを批評するなんて、すごい」と思ってくれて、気分がいいぞ。こうやって、自分の方が偉いってことにしてしまうんだ。でも偉い人、本人の前では、した手に出ること。その偉い人に関するウソや悪口を言っていることがバレないように、悪口なんか言うはずがないような、かわいいおどけた態度を取ろう。

！

ワンポイントアドバイス

君が偉い人に抱く負い目は、部下や後輩など、君より下の人間にあたりちらせばスッキリだ！

天才だと思われよう

天才だと思われるには、天才じゃないことを隠す必要がある。才能がないことがバレないように、天才的発想力があるかのようにふるまおう。

「思いつかない」

これは、才能がない人が言うことだ。こんな才能がない人が言うことを言うと、才能がないと思われるぞ。だから、何もアイデアが思いつかなくても、天才的な発想がいくつも浮かんでいるふりをしよう。もし、どんなことを思いついたのかを聞かれたら「今はあえて答えない」というポーズでごまかすか、わざと訳のわからないことを言って、何も思いついていないことを隠せばいいんだ。

君を天才だとみんなに思い込ませるために、天才っぽいウソのエピソードで自分をたっぷり装飾しよう。「小さい頃から人と違った」というアピールをするんだ。

例
「4歳で百人一首を全部覚えて、天才だって騒がれた。もう今は忘れたけど」
「5歳でショパンの幻想即興曲ひいて、天才だって騒がれた。もう今は忘れたけど」
「6歳で高校の数学全部終わらせて、天才だって騒がれた。もう今は忘れたけど。別に今はやろうとは思わない。学校の勉強なんて意味がないし、くだらないから」

そう「もう今は忘れたけど」さえ言えば、なんでも大丈夫なんだ！

天才だと思われるために、発想や感覚が人とは違うということをアピールしよう。絵や文章などを書くときは、ちょっと意味がわからないくらいの仕上がりがちょうどいいぞ。そして「わかりにくい」と言われたら、凡人だからわからないんだ、というふうにわめきたてて、自分が天才的な芸術家だということで押し切ろう。

天才肌で、芸術的感性が優れていると思われたいなら、ビジュアル面にも気を遣おう。例えばファッション。人と感覚が違うということをアピールするには、ちょっと変わった格好をするといい。普通の日本人なのに、砂漠の旅人みたいな格好なんかは、孤高のアーティストっぽくておすすめだ。あとは、パリコレなんかで見かける最新すぎてちょっと普通じゃないデザインの服を着ることで「私はこの世界的一流ブランドのセンスに理解がある」というアピールになるぞ！

もちろん、ヘアースタイルも個性的に。色はできるだけ見たことない色にすること。男性は左右非対称な長髪、女性はスキンヘッドなんかもアートっぽくておすすめだ。

天才肌だと思われるためには、食べるものも極端にしよう。実際は普通にいろいろ食べるけど、一種類のものしか食べないということにしておこう。「やっぱり天才はちょっと変わってるんだなあ」というふうに思わせておくためだ。

!

ワンポイントアドバイス

一生懸命説明書を読んで丸暗記したルービックキューブの解き方は、自分の頭の良さで解いたってことにしよう。これも3歳くらいのときのエピソードってことにしておこう。

さあ、「頭がいいと思われよう」「偉い人だと思われよう」「天才だと思われよう」、君はどれにする？　とにかく、君にとって都合のいいように、事実を捻じ曲げるってこと。常にごまかし続け、その場を取りつくろって、逃げ切るように生きていこう。ちゃんとやれば一般人には絶対にバレないから大丈夫。でももし、本当に頭がいい人や、本物の才能がある人、実際に偉い人に、君のウソとごまかしが見抜かれたらどうする？　ご安心を。そんなときは逆恨みして、本人のいないところでウソの悪口を周りに言いふらせばいいだけだよ！

でももしその先に、ウソの悪口もバレて、ごまかしもバレて、頭が悪いとバレて、社会的地位も収入も低いことがバレて、才能なんかないということがみんなにバレたら、奥の手があるぞ。それが、次のこれだ。

かわいそうだと思われよう

なにもかもうまくいかなくなったら、それを利用して、かわいそうだと思われよう。そうすれば、責任を全部周りになすりつけられるぞ。

かわいそうだと思われるには、かわいそうじゃないことを隠す必要がある。それには、あたかも被害者であるかのようにふるまえばいいんだ！

このセリフを丸暗記しよう。

「自分がこんなふうになってしまったのは、〇〇が悪いんだ。〇〇さえもっと違うふうだったら、自分はこんなふうにはならずに済んだんだ」

(〇〇には、家族、友人、学校、社会、時代、などを入れよう)


普段からできるだけ気だるそうな表情や声色を使おう。世の中に絶望しているような、冷めた感じが、かわいそうなカリスマ感を演出するぞ。みんなからちょっと離れたところに座って、悲しそうな顔で遠くを見ていよう。これで君も、悲劇の主人公だ。

そんな君を見た異性が「かわいそうに。守ってあげたい」というふうに言い寄ってくるに違いない。


もし君と違って本当にかわいそうな境遇の身近な人が、なにか成功を収めてしまったら？

これはまずい。君の能力の低さや努力不足がバレてしまう。そこで、まずはその成功した人の良くないところを周りのみんなに全力で言いふらそう。もちろんウソもオーケーだ。それから自分が成し遂げられなかったことに対する言い訳を全力で語ろう。こうすれば、「それはしかたがないね」「かわいそうに」って、みんな思ってくれるんだ！

もしも、それすらもうまくいかなかったら、どうする？　君にはもう逃げ場がないね。だって、人として価値がないことが、完全に証明されちゃったんだから。そこでおすすめしたいのが、カージャラー・ゲンシン先生の本「命の光と第6の教え〜宇宙からのメッセージ〜」全13巻だ。今なら、特別価格でご購入いただけます。

ぬけぬけと嘘かるた

※すべて嘘です。ご注意ください。

あ

アリの行列は、磁石を置くと乱れる。

アリは自分の位置を知るのに地球の磁場を利用しているため、U字の磁石を行列をまたぐように置くと、混乱して他の巣に帰ってしまう。ちなみに、磁力の強い溶岩石のある青木ヶ原樹海には、アリがいない。

い

イソギンチャクの生物学的分類は、馬。

海にいるイソギンチャクは、魚でも貝でもない。ヒゲのように見える部分は足で、先端はヒヅメのように固く、生物学的には馬と同じカクソク動物に分類される。ちなみに、80年代に人気だった競走馬「イソギンチャクオー」のオーナーは、海洋学者の和田欣一である。

う　うがい薬に、椎茸を漬けると、真っ白になる。

うがい薬に含まれるサネキトラム酸には、メラニン色素を分解する効果があり、椎茸の茶色い部分は一晩で真っ白になってしまう。ちなみに戦後、うがい薬にスルメを漬けたものが、ガムとして販売されていたことがある。

え　映画館のスクリーンは、必ず東向き。

かつて映画館の営業は夕方からと決まっており、西日が入らないように入口は東側に作られた。それに合わせてスクリーンは西側の壁面、つまり東向きになった。ちなみに現在もその伝統は残っており、シネコンなどの集合映画館も1番のスクリーンは東向きになっている。

おみくじを食べる神社がある。

静岡県三島市にある十二幡神社は、神主さんが冒険家で、サバイバル神社の愛称で知られている。敷地内にある植物は全て食べられる種類のもの。おみくじの紙も、特注の食べられる素材を使用している。ちなみに、併設されている幼稚園には、水とナイフだけで森に入るアドベンチャー遠足というのがある。

※嘘です。ご注意ください。

か

「蚊取り線香」は、ポルトガル語で「カトレナーソ」。

ポルトガルの蚊取り線香は「Catolenação（カトレナーソ）」という商品名で販売されている。日本のものと違い、角砂糖のような立方体で、縦に積み重ねて使う。ちなみに、ロシアの蚊取り線香は日本同様渦巻き状で、商品名は「モスキルロ」。

キリンは眠らない。

キリンは、体を倒してしまうと起き上がれないため、横になって寝ることはない。そのかわりに、頭部を高く上げることで血液の循環を遅らせ、起きたまま脳を休ませることができる。ちなみに「不必要なもの」という意味の「キリンの枕」という慣用句を最初に使ったのは、二葉亭四迷。

クラゲを数える単位は「ふさ」。

クラゲは「ひとふさ」「ふたふさ」と数える。ちなみに、マンボウの単位は「帖（じょう）」。

競輪の選手は規則により、自転車で通勤してはいけない。

競輪の選手が自転車通勤をすると、その日の天候や道路状況などが選手のコンディションに影響し、レースの予測に考慮されてしまうことから、自転車通勤は禁止されている。ちなみに競馬の騎手は、レース後、馬から下りずに、乗ったまま帰宅することができる。

こ

国道246号線の長さは、246km。

東京都千代田区から静岡県沼津市まで延びる国道246号線は、偶然にもほぼ246kmである。ちなみにこの246という数字は、246番目の国道という意味ではない。もともと江戸時代に「もう一本の東海道」という意味で「西海道」という愛称があり、転じて「西路」と呼ばれるようになる。これを語呂合わせで「ニシロ」→「246」とし、現在の国道246号線が名付けられた。

※嘘です。ご注意ください。

さ

「魚」の字を9回書く漢字がある。

「魚」という字を2つ組み合わせて「䲆（せん）」、

3つで「鱻（せん）」、4つで「䲜（ぎょう）」という字があるが、一番多いのは「魚」を9つ組み合わせた漢字。ちなみに読み方は「さかな」。

し 鹿にチョコレートを食べさせると酔っぱらう。

鹿はカフェインに弱い。特にオスの鹿は、ツノと三半規管が繊細につながっており、チョコレートを食べさせるとカフェインでバランスを崩し、まるで酔っぱらったような歩き方になる。ちなみに、乳牛にコーヒーを飲ませると、コーヒー牛乳が出る。

す スフィンクスには、黒いやつもいる。

1980年代、エジプトの民間企業がスフィンクスの原寸大レプリカを作った。しかし、あまりにも精巧に作られたため、本物と勘違いする観光客が続出。世界遺産管理協会SIKKS（シックス）から指導が入り、真っ黒に塗装された。ところが、かえってかっこいいことから、観光客は増えたという。ちなみに、別の企業が作ったピラミッドの偽物にも指導が入ったが、製作者が「たまたま似ているだけの伝統的なスタイルの個人の墓」と法廷で押し通し、現在もそのままになっている。

千円札は8種類ある。

日本の紙幣は8箇所の国立印刷局で製造されており、千円札には作られた工場によって8種類の違いがある。肖像画の左下の、黒い斜線部分がバーコードのような役割を果たしており、専用の機械を通せば、どの工場で作られたものか判別できるそうだ。もし違いに気づいても、偽札ではないのでご安心を。ちなみに、一万円札は9種類あるそうだが、その違いは公表はされていない。

そ

蕎麦屋は江戸時代、郵便業務もやっていた。

江戸の蕎麦屋の屋台は一日で相当の距離を移動しながら営業していたため、手紙を運ぶ郵便の役割も果たしていた。ただし家まで届けてくれるわけではない。大通りの交わるところに「大門持ち場（おおかどもちば）」という赤い台が配置されていて、蕎麦屋は手紙に記された大門持ち場に手紙を移動させるというもの。ちなみに、この大門持ち場は、現在の「おかもち」の語源とも言われている。

※嘘です。ご注意ください。

た

体温計を2本脇に挟むと、半分の時間で測れる。

これは嘘のような本当の話で、体温計は二つくっつけて使用すると、体温計同士の熱伝導によりおよそ倍の速さで温度を感知することができる。ちなみにこの原理は気象衛星ひまわりのセンサーにも利用されている。

ち 地球の体積は、南半球の方が少し大きい。

実は地球は完全な球体ではなく、地軸のズレによって、卵のようにわずかに南側がふくらんでいる。ちなみに卵は縦に割れにくく横からは割りやすいが、地球も同様に、極地の地殻は硬く、赤道の周りは軟らかい。

つ 鶴の恩返しは、もともとドイツの話。

鶴が美しい娘の姿になって恩返しをする「鶴の恩返し」は有名だが、もともとはドイツの民話「親切なアオサギ」が原型と言われている。怪我をしたアオサギに、おばあさんがソーセージを食べさせたところ、アオサギは美しい青年に変身して、おばあさんと熱い夜を過ごすという色話である。ちなみに、この青年のモデルになったのは、若き日のナポレオン・ボナパルト。

天体観測衛星「えだまめ」には、ファミコンが積んである。

１９９８年に種子島から打ち上げられた天体観測衛星「えだまめ」。開発者が子供の頃、宇宙に興味を持つきっかけとなったのがテレビゲームだったため、実際に使っていた私物のファミコンが1台、おまもりとして積まれている。ちなみに入っているソフトは「ゼビウス」。

東京都庁は建物自体がアンテナになっている。

建物上部が二つに分かれている東京都庁は、その構造を利用して建物全体がアンテナになっている。ちょうど音叉のような共鳴効果で、微弱な電波をキャッチすることができ、国の安全に役立てられている。ちなみに、都庁の中で携帯電話を機内モードにしなければならないのはこのためである。

夏の風物詩「スイカ」の本来の収穫時期は、冬。

スイカといえば夏のイメージだが、もともとは冬に実るシマシマウリが品種改良されたもの。現在のスイカの姿になったのは明治以降で、収穫時期が夏になったのもこの頃から。ちなみに、シマシマウリは現在も栽培されているが、へんな味なので人気がない。

※嘘です。ご注意ください。

に

虹で紙を染めることができる。

まず、太陽を背にしてホースで霧状に水をまき、空中に小さな虹を出す。写真用の印画紙という特殊な紙を垂直に持ち、太陽の方向に向かって虹の中を通過させる。そのまま真っ暗なところで乾燥させると、わずかではあるが、印画紙に虹色の線が定着する。ちなみに、アメリカの科学番組で印画紙で凧を作り、本物の虹まで届かせて染める実験が行われたが、虹の幅が広すぎて一色にしか染まらなかった。

ぬ 「ぬるま湯」には、温度の規定がある。

医療の現場では「ぬるま湯」とは、10℃～29℃に調整した水、という決まりがある。ちなみに30℃を超えた水は「ぬるめのお湯」。40℃を超えると「いい湯」。（日本医療用語辞彙より）

年賀ハガキは、通常のハガキとサイズが違う。

年賀状用のハガキは、通常のハガキより縦横ともに2・5㎜だけ大きく作られている。これは、年賀ハガキが誤って元旦より前に配達されないよう、郵便局に回収された段階で普通ハガキと選別しやすくするため。ちなみに、日本で最初の年賀ハガキは、初代郵政大臣小沢佐重喜から昭和天皇に送られたもの。

ノートの罫線は、消せる。

日本製のノートの紙は、燃えにくいように加工をされており、そのぶんインクの定着が弱い。ノートを冷凍庫で凍らせると、紙とインクの結合が弱まり、マイクロファイバークロスでふき取るだけで、簡単に消えてしまう。ちなみに、方眼紙の青い線は金属由来のインクで印刷されているため、電子レンジで温めると光る。

※嘘です。ご注意ください。

ハーレーダビッドソンのロゴは、わざとスペルが間違っている。

アメリカのバイク、ハーレーダビッドソンのエンブレムには「HARLEY-DAVIDSON／MORTAR CYCLES」と書かれているが、この「MORTAR」の綴り、正しくは「MOTOR」である。これはわざと間違えて書かれていて、「MORTAR」は日本でも馴染みのある「モルタル」つまりコンクリートのこと。ハーレーダビッドソン社は、もともと手押し車などのモルタル運搬用品を製造しており、創設者への敬意を表している。さらにハーレーダビッドソンのバイクは、コンクリートのように頑丈である、という意味も込められている。ちなみにこのエンブレムのパーツは日本製で、名古屋の工場で作られている。

非表示にされた怖い道路標識がある。

道路標識といえば、見やすい位置にあるものだが、カバーがかけられ非表示にされているものがある。北海道の国道に、あまりにも幽霊が出ることから、幽霊に対して横断禁止を示した標識が立てられた。通常の横断禁止マークと違うところは、ピクトグラムで描かれた歩行者のシルエットに、下半身がないということ。しかし「かえって目障りだ」という近所の住民からの苦情が入り、すぐにカバーが取り付けられた。ちなみに、その苦情の電話をかけてきた住民に担当者がお詫びをしようとしたところ、その人は何年も前に標識の近くで事故死しており、苦情は幽霊自身からのものだった。

不動産屋さんは、ドアマットが外向きに置いてある。

店のロゴが入ったドアマットをよく見かけるが、大抵は外から入ってきたお客さんが読めるような向きに置いてある。しかし、不動産仲介業者は扱う商品が店の外にあるので、外向きに置かれている。ちなみに、旅行代理店も同様である。

平安時代の
美男の条件は、近眼。

「源氏物語」や「古今和歌集」などの当時の文献の中には、褒め言葉として、やたら目が悪い男が出てくる。歌を詠むときに目を凝らす表情が魅力的だという捉え方があったようだ。ちなみに、顕著なものを現代語に訳すとこうなる。「目を凝らし　字を書くあいつの横顔に　心ときめく　夏の夜の夢」。

ホワイトハウスは
窓からの景色を統一する
ために、庭の木が一種類。

テレビに映ることがある大統領執務室。テロ対策として建物内のどこにあるのかを、窓の景色から推察させないために、庭の木を統一してある。ちなみに、このアイデアを出したのはロナルド・レーガン大統領である。木の品種はアメリカブナ。

※嘘です。ご注意ください。

ま

マカダミアナッツ
というナッツはない。

ハワイのお土産で知られるマカダミアナッツの正式名称は、ナッツィーナッツ。「マカダミア」は、企業名である。ちなみに〝マカダミア〟ナッツチョコは日本の製品で、〝マカダミアン〟ナッツチョコは海外の製品。「ン」がつくかどうかで見分けることができる。

プロ野球の一宮潤選手は、守備のときに応援歌が歌われたことがある。

通常、日本のプロ野球では、バッターに対して応援歌が歌われるが、守備についている選手に対して歌われたことが一度だけある。一宮潤選手は、ホームラン性の打球をフェンスをよじ登ってキャッチしてしまう、ミスターフェンス越えキャッチと呼ばれていた。相手チームのバリー・トンプソン選手の応援歌「♪大空に打ち上がれ、バリーの特大アーチ、もってこーい！」に合わせ、一宮選手のファンが「忍者の潤が取っちゃうけどね！」と歌い、球場全体の大合唱となった。ちなみに結果は、バリー・トンプソン選手の第117号ホームランだった。

麦畑に麦茶をまくと、麦が怒る。

「怒る」というのは、農業関係者の間で使われる言葉で「不揃いになる」という意味。

麦畑に麦茶をまくと、ミネラル成分が強すぎて、苗によっては極端に生長してしまい、麦が「怒る」そうだ。ちなみにミステリーサークルを作るときには、倒したい麦の根元にビールをまき、麦を一時的に酔っぱらわせるらしい。

め

「名物」の認定をするのは、内閣総理大臣。

よく土産物のお菓子などに「〇〇名物」と書かれていることがあるが、実は勝手に書いていいわけではない。名物認可指定という内閣総理大臣のお墨付きが必要なのだ。しかるべき審査を通過した商品には、賞味期限の横などに「内閣総理大臣名物認可指定」というスタンプが押される。ちなみに、最初にこの認可を受けたのは、広島のもみじ饅頭である。

も

餅つきの道具、ウスとキネは、もともと名前が逆だった。

ウスは、もともと木の切り株を利用して作られていたため「木の根」が転じて「キネ」と呼ばれていた。一方のキネは、打つ道具であることから「打つ」と呼ばれ、転じて「ウス」と呼ばれていた。これを江戸時代の人が、わざと逆に呼び、現在の呼び名「臼」と「杵」が定着した。ちなみに、関西の一部では、今でも逆に呼ぶところもある。

※嘘です。ご注意ください。

「山手線」は内回り、「山の手線」は外回りのこと。

山手線は内回りと外回りで正式名称が違う。内回りが「山手線」で、外回りは「山の手線」。JRがまだ国鉄だった時代、土地の価格や税金の基準となる区画を分ける線が、山手線の線路の敷地の真ん中に設定されていた。このため内回りと外回りで経理上違う路線として扱う必要があり、同じ名称を使えなかったので「山手線」と「山の手線」に分けたのだ。ちなみに覚え方は簡単で、外回りは時計回りで「の」の字を書く方向に回っているので「山の手線」である。

ゆでたまごは、思いっきり床に叩きつけると、割れずに跳ね返ってくる。

たまごのカラは瞬間的な力には驚くほど強い。ふつうに落下させれば当然割れるが、全力で投げおろして、時速100㎞を超えていれば、割れずに跳ね返ってくる。ちなみに、たまごとたまごを時速100㎞どうしで衝突させる実験を行ったウィリアム・

ネルス博士は、その衝撃で爆発した。

よ

夜中にお菓子が食べたくなる心理を、ママレードデビルバスター現象という。

ママレードデビルというのは、子供が勝手にママレードを舐めてしまわないように「冷蔵庫には悪魔がいる」と教えることから生まれたイギリスの寓話。その悪魔をやっつけてしまうほどの強い衝動であることから、夜中にお菓子を食べたくなる現象を心理学用語で「ママレードデビルバスター現象」と呼ぶ。ちなみに、朝、布団から出たくない現象を「シープインクラウド（雲の中の羊）効果」という。

※嘘です。ご注意ください。

「ライバル」という言葉は、和製英語。

日本語で「好敵手」という意味で使われる言葉「ライバル」は、和製英語である。語源となったのはジェームズ・ディーン主演の１９５４年の映画で、カーレースに命をかける若者たちを描いた作品。タイトルの「ALIVE」が転じて「ライバル」となった。ちなみにこの映画の邦題は「ディーンの青春好敵手」。

理科室の机が大きいのは、緊急時に診察台として使うため。

学校は、災害などがあると避難所として使われることがある。そんなとき、水道がひかれていて、消毒もできることから、理科室が臨時の医務室として使われる。理科室の大きな机は、サイズが１８０㎝と定められており、これは一般的な診察台の大きさである。ちなみに理科の先生の白衣は、緊急時に医師が着用するために、必ず新品のものがストックされている。

ルービックキューブの発明者は、ジグソーパズルの発明者のひ孫。

世界的に有名なパズル、ルービックキューブを発明したのは、中国の数学者ルー・ビンであることは有名だが、彼の曽祖父にあたるルー・チングンは、ジグソーパズルの原型となった木組将棋の生みの親である。ちなみに、ルー・チングンは、積み木を崩さないように競うジェンガの原型も発明しており、中国では「立自遊戯（ジエングアン）」と呼ばれている。

れ

レゲエの発祥は、日本。

レゲエといえばレゲエダンスも有名なジャマイカが本場の音楽ジャンルだが、実は日本の音頭がそのルーツである。「ヤットナソレヨイヨイヨイ」などの掛け声は、レゲエにもある。ちなみに、現在のジャマイカの大統領の母親は日本人で、元NHKのアナウンサー。

ろ

ロールス・ロイスには、日本名がある。

高級車の代名詞ロールス・ロイスには日本名があり「論流西輪椅子」と書く。「ロンドンから渡ってきた西洋の車椅子」という意味で、明治時代の広告にその記述が残っている。ちなみに、ベンツは「便追」と書かれたが、トイレを連想させるため、すぐに取りやめになった。

※嘘です。ご注意ください。

わ

ワサビは、馬用の麻薬だった。

ワサビの語源は「馬覚火(まさび)」。その強い刺激による覚醒効果から、長旅の際などに、馬のための麻薬として使われてきた。ちなみに、ワサビの味を「ツーン」という言葉で最初に表現したのは手塚治虫である。

「ん」という
苗字があった。

昔々「ん双竹（そうちく）」という、ぬけぬけと嘘ばかりつく男がいた。あるとき、嘘のつもりで記した文章が、偶然にも現実に起こり、予言者として崇めたてられた。ん双竹はそれをうっとおしく思い、どこかへ姿を消してしまった。今でも、ん双竹は人々から愛されており、彼の嘘を集めた「双竹うそかるた」は、「双竹嘘記念館」で販売されている。

※すべて嘘です。ご注意ください。

リバーシブル探偵
島山ヤマシの事件簿

TAMAYAと鍵屋
港町米ケ崎 骨董通りの怪
謎の美人バーテンダーと
壁抜け泥棒の正体を追え!!

誰にだって、人には見せたくない、裏の部分がある。

もし家に泥棒が入ったら、大抵の人は警察に連絡するだろう。しかし、家の中に何か見られちゃまずいものを隠していたら、そうもいかないよねえ。

だったら俺に捜査を依頼しな。自分の目で見たものだけを信じる主義だ。見られて構わないものだけ見せてくれれば、それでいい。だから、やましいことがある連中から引っ張りだこってわけさ。

表沙汰にできる事件もできない事件もお任せを。港町、米ヶ崎（BAYGASAKI）の表と裏を行ったり来たり、リバーシブル探偵、島山ヤマシとは、俺のことだ。


歴史ある港町、米ヶ崎。

欧米風のモダンな建物に、外国人向けの横文字の看板。近くには中華街もあり、週末は観光客で賑わう。この多国籍で異国情緒あふれる界隈を、人々は表街と呼ぶ。表街の表通りをそれて、裏道をちょっと歩けば、そこは生活感のこびりついた日本の下町。複雑に入り組んだ怪しい路地。野良猫たちには快適だろうが、観光客が迷わずに歩くのは、ちょっと難しいかもしれない。ここらを人々は裏街と呼ぶ。

港町には海外から様々なものが入ってくる。中には、ちょっと公にはしにくいような怪しいものも。だから、全国からいろいろなジャンルのマニアがやってくる。店もそれに応えようと、裏ルートを駆使する。

そんなこの街にあるいくつかの骨董屋から、最近、泥棒被害の捜査依頼が立て続けに入ってきた。

この一連の事件が、ちと妙なんだ。どの現場も、窓やドアに鍵をこじ開けた痕跡がない。鍵のかけ忘れを狙ったのではないかとも思ったが、犯行後の現場にはすべて鍵がかかっていた。犯人は、壁をすり抜けられるとでもいうのだろうか……。

さらに、盗まれたものも不思議だった。ある骨董屋からはレコードが盗まれた。希少価値のあるCDもあったが、それは盗まれなかった。また、アンティークトイの店からは、オセロゲームが盗まれた。チェスなどの高級品もあったが、それらは盗まれなかった。ヴィンテージスポーツグッズを扱う店からは、バットやグローブが盗まれた。サッカーグッズなどもあったが、それらは盗まれなかった。同一犯だろうか。盗まれたものに、何か共通点が見つかれば、手がかりになるかもしれない。

「島山さん、鍵を壊さずに侵入できる犯人って、いったいどんな奴なんですかねえ」

　こいつは見習いの助手、ツクネ。ハンチングを被った探偵気取りの可愛い少年だ。小柄なので、女の子みたいに見えるときもある。探偵としての経験はないらしいが、裏表のなさそうなところが気にいって、採用してやった。好物は、きつねうどん。


　夜、ひとりでパトロールをしていると、表街と裏街のちょうど中間くらいのところに、一軒の見覚えのない小さなバーを見つけた。観音開きになっている扉から、店内の様子が見える。両手を広げれば両端まで届いてしまいそうな短いカウンター。客席は、床に固定されたスツールが一脚だけ。つまり、定員一名様の贅沢なバー。

　そして最大の特徴は、バーテンダーが美しい女性だということ。フォーマルな格好にエプロン姿。淡いランプの光が、彼女の白い肌を通り抜けていく。まるでこの世の人ではないかのようだ。

　知らない店があっちゃあ、この街の裏も表も知り尽くすリバーシブル探偵の名が廃る。客として入ってみた。

「いらっしゃいませ」

「あ、どうも」

「……」

女性バーテンダーは、立つ位置を少し横にずらし、俺と目が合わないようにしている。その角度がまた絶妙で、彼女の美しさを際立たせる。

「ええと、ウイスキーを」

「はい。どちらにいたしましょう」

彼女が示す背後の棚には、整然とボトルが並んでいる。よく見ると知らない銘柄ばかりだった。酒好きの俺が知らないものをこんなに揃えているとは、なかなかマニアックな店だ。

「あ、では、その〝轟〟ですか。俺、それ、飲んだことないや」

「飲み方はいかがいたしましょう」

「ロックで」

彼女はふさわしいグラスを取り出し、アイストングで氷、カロン、と入れる。ボトルを丁寧に扱うその指は、柳のようにしなやかだった。

「轟です」

音を立てないように、グラスが差し出された。

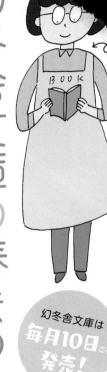

「…うダメかも……」
…者6年目の大ピンチ!

やめるな外科医

泣くな研修医④

中山祐次郎

…を守るため奮闘する若き外科医に大ピンチ…目、少しずつ仕事に自信もついてき…師を終え後輩と飲んでいると、病…役外科医が生と死の現場をリ…

書き下ろし

693円

短篇集 こばなしけんたろう 改訂版

小林賢太郎

「僕と僕との往復書簡」「短いこばなし」「二人の銀座 コレクション」「百文字こばなし」「ぬけぬけと嘘かるた」「覚えてはいけない国語」ほか、小林賢太郎の創作・全26篇。
(文庫改訂版)

825円

残酷依存症

櫛木理宇

三人の大学生が何者かに監禁される。犯人は彼らの友情を試すかのような指令を次々と下す。要求はエスカレートし、葬ったはずの罪が暴かれていく。殺るか殺られるかのデスゲームが今始まる。

書き下ろし

825円

メガバンク起死回生

専務・二瓶正平

波多野聖

役員初の育休を取得していた二瓶正平。ある日、専務への昇格と融資責任者への大抜擢を告げられる。嫌な予感は当たり、破綻寸前のお荷物企業の整理をするハメに……。人気シリーズ第五弾。

825円

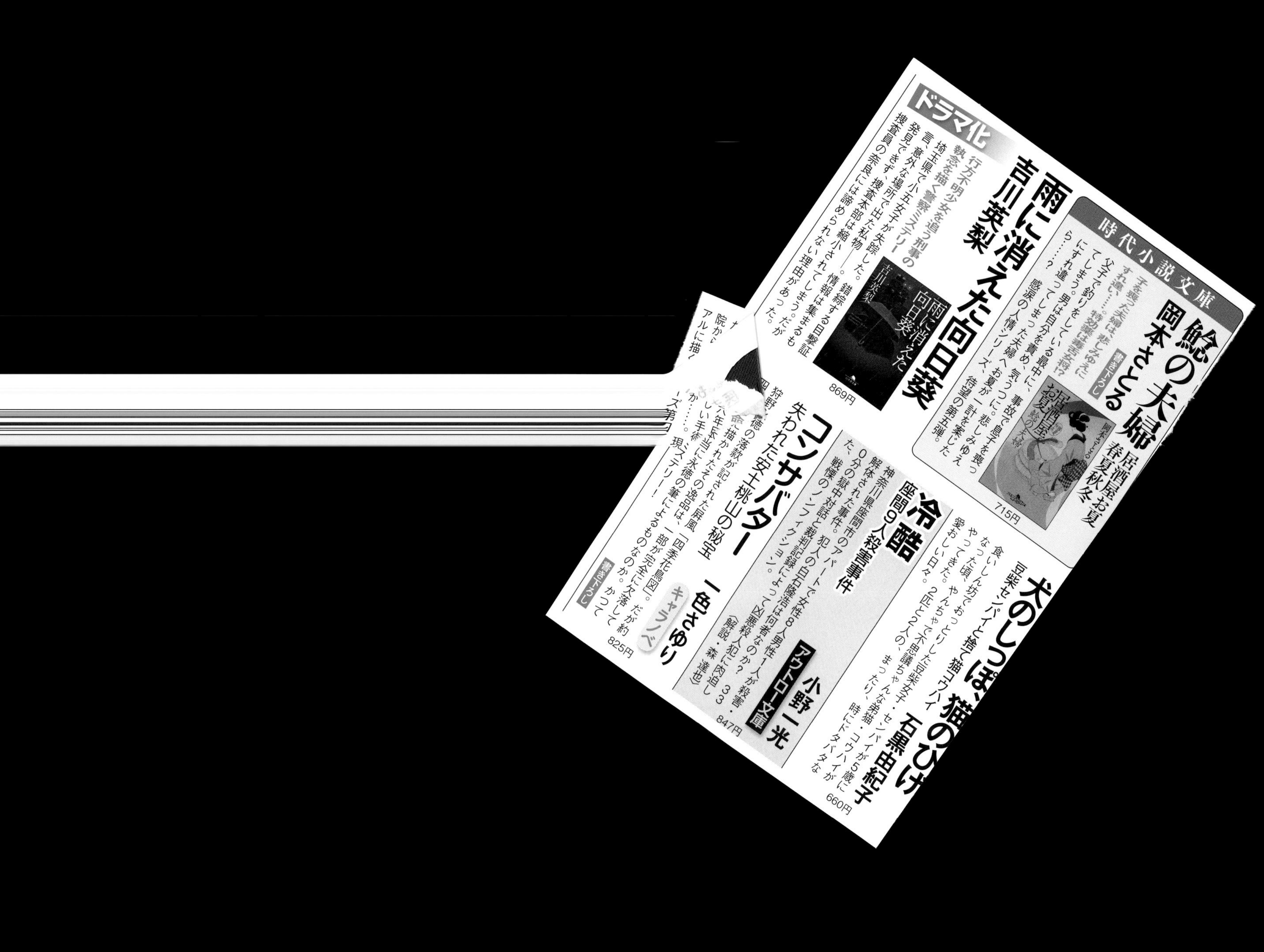
時代小説文庫
鯰の夫婦
岡本さとる
居酒屋お夏 春夏秋冬
書き下ろし
子を喪った夫婦は、悲しみゆえにすれ違い……。特効薬は毒舌女将!? 父子で釣りをしている最中に、事故で息子を喪ってしまう。男は自分を責め、気うつに。悲しみゆえにすれ違ってしまった夫婦へお夏が一計を案じたら……? 感涙の人情シリーズ、待望の第五弾。
715円
ドラマ化
雨に消えた向日葵
吉川英梨
行方不明少女を追う刑事の執念を描く警察ミステリー
埼玉県で小五女子が失踪した。錯綜する目撃証言、意外な場所で出た私物――。情報は集まるも発見できず、捜査本部は縮小されてしまう。だが捜査員の奈良には諦められない理由があった。
869円
犬のしっぽ、猫のひ
石黒由紀子
豆柴センパイと捨て猫コウハイ
食いしん坊でおっとりした豆柴女子・センパイが5歳になった頃、やんちゃで不思議ちゃんな弟猫・コウハイがやってきた。2匹と2人の、まったり、時にドタバタな愛おしい日々。
660円
冷酷
座間9人殺害事件
小野一光
アウトロー文庫
神奈川県座間市のアパートで女性8人男性1人が殺害・解体された事件。犯人の白石隆浩は何者なのか? 33 0分の獄中対話と裁判記録によって凶悪殺人犯に肉迫した、戦慄のノンフィクション。
〈解説・森 達也〉
847円
コンサバター
失われた安土桃山の秘宝
一色さゆり
キャラノベ
書き下ろし
825円

「扉、閉めましょうか」

という提案をいただいたが、狭い密室に彼女と二人きりになるというのが照れ臭かった。

「あ、いや、開けたままで。気持ちいいし……」

彼女は美しく会釈をして、また少し横にずれて立ち、黙った。あまり彼女をジロジロ見てはいけないと思い、カウンターの木目を意味もなく見ながら、ジャパニーズウイスキー〝轟〟とやらを、ゆっくり飲む。

今になって気がついたが、店内には小さな音で不思議な雰囲気の音楽が流れていた。隅の目立たないところに置かれたレコードプレーヤーからだった。レコード……。ふと一連の泥棒事件のことが頭をよぎった。

黙っている彼女に話しかけてみる。

「ここって、もともと何があった場所でしたっけ」

「さあ……」

会話が続かない。木目を見つつ、一口飲んで間をつなぐ。

「この店、なんていうんですか？」

「たまやです」

看板に、

T A M A Y A

と書かれている。アルファベットなのに、縦書き。実にこの街らしい。

「ひと月ほど前に始めたばかりなんですよ」

「ひと月前……」

例の泥棒事件の始まりと、たまたま揃っていた。

「お客さん」

「ん？」

「扉、閉めます？」

「あ、いや。このままで……」

彼女はなぜ二人の密室を作りたがるんだろう。急にドキドキしてきたので、誤魔化すようにおどけて喋った。

「なんか、この小屋っぽい感じ、お城の門番の小屋みたいですね。こう、ヨーロッパなんかにあるような。〝ん？　なんだこの怪しい門は。異世界への入り口か!?〟なーんて……」

「……」

「……」

「……」

もはや木目を覚えてしまった。

翌日、朝から事務所で地図を調べる。あのバーがあった場所には、神社のマーク。そして「咲咲神社」と記されていた。

「さきざき？　さかさき？　変わった名前の神様だな」

神社物件が商業目的に転用されるだなんて、そんな不動産情報は聞いたことがない。

そこへ、助手のツクネが出勤してきた。

「おはようございます。お、島山さん、やっぱりそこ、気になります？　ちょうど事件が起き始めた頃に開店した店があるらしいんですよ」

「ああ、お前も知ってるか。ＢＡＲ・ＴＡＭＡＹＡ」

「たまや？　そこ、たまやじゃないですよ。鍵屋ですよ」

「鍵屋？」

地図上のツクネが指差したところは、例の「咲咲神社」。つまり、バー〝ＴＡＭＡＹＡ〟があったところ。しかし、ツクネはこう続けた。

「その鍵屋、まだ一ヶ月しか営業していないのに、かなりの評判を集めているらしいですよ。骨董屋の店主たちは、鍵の壊れたトランクや古い金庫などを次々と持ち込んで、開けてもらっているそうです。島山さん、鍵屋の技術があれば、どんな建物にだって侵入できるってことですよねえ。ちょっと様子を見に行ってみましょうよ」

ツクネはきっと、場所を勘違いしているのだろう。俺たちは現場に行ってみることにした。この界隈は夜の商売の店が多く、日中は人通りが少ない。俺は心のどこかで、店の仕込みをやっている昨日のバーテンダーさんにばったり会えるかもしれない、なんて期待したりもした。

現場に到着。俺は思わず声をあげた。

「あれっ？」

そこは確かに昨日バーがあった場所。しかし、鍵屋に変わっている。看板には「合鍵作ります」「開かない鍵、開けます」などと書かれていて、狭い店内には、まだ溝が刻まれていないつるつるの鍵が何種類もぶら下がっている。カウンターの中で、ひとりの職人が、ヤスリで鍵を複製する作業をしていた。センター分けに丸メガネ。いかにも神経質で、細かい仕事に向いてる、といった感じの男。

「いや、おかしい、俺は昨日、確かにここにあったバーで〝轟〟を飲んだんだ」

「だから、バーじゃないですよ。ご覧のとおり、鍵屋ですよ」

「そうだなあ……」

「島山さん、ちょっと入ってみましょうよ」

「でも、別に作りたい合鍵があるわけでもないし」

我々の視線に気づいた鍵屋が、無言でこちらを見ている。

「こっち見てますよ」

「こっちが見てるからだよ」

「どうします？」

俺たちがもじもじしていると、鍵屋が声をかけてきた。

「こんにちはー」

話してみれば、実に口調は穏やかで、優しい感じの男だった。俺は昨夜のバーのことを聞いてみた。

「すいません。ここ、バーじゃありませんでしたっけ？」

「ああ、そうですよ。昼間は、ご覧のとおりの鍵屋なんですけど、夜はバーになるんですよ」

鍵屋が言うには、同じ物件を時間帯で分けて営業しているんだそうだ。

同じ物件とは思えないほど店の中に置かれているものがごっそり入れ替わっているが、職人が作業しているカウンターの木目には、確かに見覚えがあった。

店の片隅には例のレコードプレーヤー。どうやらこれは昼夜共用だ。ただしかかっている曲は違った。すこし間の抜けた、タンゴのような心地よいテンポの曲が、小さなボリュームで流れている。なるほど作業が捗(はかど)りそうだ。

鍵職人とバーテンダーの関係が気になって聞いてみたが「よく知らない」とのことだった。きっちり昼と夜に営業時間が分かれており、二人が出くわすことはないのだそうだ。

ツクネが不躾(ぶしつけ)に切り出した。

「鍵屋さんなら、鍵を開けて泥棒に入って、閉めて逃げることができますか」

鍵屋は少し驚いた顔になったが、口調を変えずに答えた。

「まあ、やってやれないことも、ないでしょうね」

夜になり、同じ場所に確かめに来ると、鍵屋はちゃんとＴＡＭＡＹＡになっていた。バーテンダーさんは今夜も綺麗だ。俺は、昼の鍵屋のことを聞いてみることにした。すると彼女もやはり「会ったことがないので、よくわかりません」と答えた。だが俺は疑っていた。二人は本当は夫婦か恋人同士で、客に生活感を見せないために、あえて知らないということにしているのかもしれない。

他人様の余計なことには首を突っ込まない俺だが、彼女にはついつい質問ばかりしてしまう。職業柄、会話に罠をしかけて素性を探るのは得意なのだが、彼女ときたら、のらりくらりとかわす。

俺はそれ以上踏み込むのをやめた。別に彼女とどうこうなりたいというわけではない。今、目の前にいる人が美しく、飲んでいる〝轟〟がうまければ、それで充分じゃないか。バー特有の時間が止まったような錯覚が心地よかった。

四件目の泥棒事件が起きたのは、その翌日だった。

現場は、骨董通りのはずれのハンコ屋だった。およそ一万本の印鑑が収められた棚の中から、三分の一くらいがなくなっていた。そして、盗まれた印鑑と盗まれなかった印鑑の違いがさっぱりわからなかった。ちなみに、〝島山〟の印鑑は盗まれていなかった。
俺はツクネに、なくなった印鑑のリストを作らせた。すると共通点があることがわかった。

青木、青山、東、井口、泉、市川、内田、内山、大内、大川、大木、大田、大谷、大西、大平、大森、大山、岡、岡田、岡本、小川、奥田、奥山、小田、金井、金田、川口、川田、川本、黒川、黒木、黒田、小泉、小出、小谷、小西、小林、小森、小山、関、関口、高井、高田、高山、田中、谷、谷川、谷口、谷本、土田、出口、土井、冨田、豊田、中井、中川、中田、中谷、中西、中山、西、西岡、西川、西田、西本、西山、早川、林、林田、日高、平井、平岡、平川、平田、平山、古川、古田、古谷、本田、本間、三木、水谷、南、森、森岡、森川、森田、森本、森山、八木、山内、山岡、山川、山口、山田、山中、山本、吉井、吉岡、吉川、吉田、吉本、米田、米山……

シンメトリーだ。印鑑に彫られた文字はシンプルに図案化されていて、ハネやハライが省略されている。これらの苗字はすべて、左右対称。押しても文字が裏返らない、シンメトリーの印鑑ばかりなのだ。

しかし、だからといって、犯人の目的はさっぱりわからない。そして、またしても店の鍵は壊れていなかった。

ハンコ屋の店主が言うには、盗まれた印鑑は全部で三千本以上で、重さは合計二十キロを超えるという。

俺はツクネの推理にいったん乗っかってみることにした。犯人は鍵屋で、鍵を開けて侵入し、閉めて逃げた、というもの。

閉店後の鍵職人の行動を観察するために、電信柱の陰に隠れて張り込んだ。夕方五時。鍵屋の店主は、道具を片付け始めた。そして、カウンターの上にはすっかり何もなくなったところで、店の中から観音開きの扉に手をかけた。見たところ店に裏口などはないはず。このまま扉を閉じれば、自分が中に閉じ込められる格好になる。しかし店主は、そのままゆっくりと扉を閉めた。

その直後、俺はあまりにも意外な展開を目にした。閉まった扉がすぐに開くと、なんとそこに鍵屋の姿はなく、あの女性バーテンダーが立っているのだ。

「鍵屋がTAMAYAに変わった！」

思わず声に出してしまった。店に秘密の裏口があるのか。そうだとしても、入れ替わるのが早すぎる。ほんの数秒だ。まるで男女が一瞬で入れ替わるマジックショーだ。しかも、店ごとごっそりだ。壁に大量にかかっていたはずの鍵は、ウイスキーが整然と並んだ見覚えのある棚になっている。


俺は店に駆け寄り、女性バーテンダーに今の不思議な現象の説明を求めた。

「あのお！　今！　一瞬で！　鍵屋が！……たまや！　たまや……、かぎや……たまや」

俺は混乱していた。彼女は少し驚いたような顔をしたが、すぐに微笑んだ。

「見られていたのですね。気をつけたつもりでしたのに……。おかけになって、今日は一杯ご馳走させてください」

俺は、言われるがままに座った。彼女はレコードをひっくり返し、針を落とす。いつもの不思議な曲が流れてくる。

「探偵さん、私と鍵屋はね、夫婦でも恋人でもないんですよ。しいていえば、裏と表です」

「裏と、表？」

「私、変われるんです。男から女に、女から男に」

彼女の目には、揺るぎない説得力があった。しかし、納得するわけにはいかない。俺は探偵だ。どんなに理解できないことが起こっても、そこには必ず真実があるはずだ。

「変われるって言われても、扉の中で起こっている現象を、この目で見たわけじゃないですからね。俺は自分の目で見た物事しか信じないんだ！」

「そんなに疑い深い人なのに、ご自分の目は疑わないんですね。……見せてあげます」

「え？」

「外から見えないように扉を半分だけ閉めて、探偵さんだけで私を見てください。特別ですよ」

閉じかけの三面鏡に顔を挟んで、無限に広がる世界を見るような、ちょうどそんな感じに、俺は店の中を見る。俺と彼女だけの世界。ドキドキした。

彼女はスッと息を吸い「ふっ」と声にならない声を漏らし、そのまま呼吸を止めた。少し痛そうな表情になり、体をよじる。そして次の瞬間、カメラのピントが急にボケて再び合うかのように、一瞬のブレのような状態を挟んで、彼女は……彼に変身した。

見た瞬間に理解することを放棄するような、完成された現象だった。俺は今まで、これほどはっきりとした不思議を見たことがない。

「これで、信じていただけましたか」

鍵屋はひとつため息をつき、続けた。

「探偵さん、お察しのとおり、私は一連の泥棒事件に関わっています。鍵を開けて侵入して、盗んで、鍵をかけて逃げました」

もはやどうでもよかった。今の俺はそれどころではない。

しかし、こうなると新たにわからないことが出てきた。男から女に、女から男に変身できるのなら、その体質を利用してもっといくらでも悪いことができるはず。男の姿で犯罪を犯し、女に変われば、絶対に捕まらない。逆でもいいけど。そもそも、なぜ俺にこのことを急に打ち明けているのかもわからない。わからないことだらけで、すっかり混乱している俺に、鍵屋が言った。

「座ってください。すべてを、お話しします」

俺は鍵職人の前に座り、手に持ったままだった〝轟〟のロックをグビリと飲んだ。

「探偵さん、並行世界って聞いたことあります？」

「へいこうせかい？」

「そう。自分から見えているこの世界とは別に、もうひとつ並行して別の世界が存在するという話です。例えば、鏡の向こうの世界ってあるでしょう？　鏡と鏡をぴったり合わせたら、見ることができなくなってしまうけど、その中には左右反転したもうひとつの世界が広がっている。そんな、この世界とぴったり重なっていて、それでいて絶対に交わらない並行世界。私は、そちらから来たんですよ」

とても理解なんてできる話じゃないが、とにかく納得する努力をする俺。

鍵職人は続けた。

「ひと月前に、ここの世界と、あっちの世界との間に扉を見つけたんです。ちょうど、この位置に」

「鏡ってことは、向こうの世界は左右が逆なのか？」

「それが、もう少し複雑なんですよ。左右だけじゃなく、いろんなものが、逆になるんです。実は私、あっちの世界にいるときは、女なんです。けど、こちらに来たら、ご覧のとおり男になった。この小屋の中は、あちらとこちらのちょうど境目ですから、男でも女でも、どちらの姿でもいられるんです」

国境に住む人は、二ヶ国語を自在に操れる。つまりそういうことらしい。

「はあ……」

納得はいかないが、そのまま受け入れるほかなかった。しかし、驚くべきことがもうひとつあった。いつのまにか、背後にツクネが立っていた。

「だから私は、こうして男の姿でいるんです」

「は？」

「私、妹の、ツクネです。島山さん、騙してごめんなさいね」


狐につままれるというのはこういうことだ。ツクネは、バーテンダーの妹だった。

「島山さん、私ね、向こうの世界になんとかしてお土産を持って帰りたかったのよ。レコードって、裏返して使うじゃない？　裏と表が逆さまになる世界に持っていったら、何が起こるのかどうしても試したかったのよ。じゃあオセロは？　白と黒が逆になるの？　っていうことは、変わったことがわからない？　ああー！　どうなるの！　気になる！」

「そうだったのか……。え？　じゃあ、野球用品は」

「試合にあるじゃない？　表と裏」

「ああ」

向こうの世界から持ち込んだ現金は、都合よくこちらの世界で使えるものにはならなかったらしい。そこで鍵師の腕前で、悪さを働いていたそうだ。

「だからって、泥棒するなんて、常識的に考えて……」と言いかけたが、常識が通用するような話じゃないと思って、言うことを変えた。

「女性の鍵師とは、珍しいですね」

「私は並行世界の扉も開けられるんですよ。壊れた鍵くらい、余裕です」

こうなると、また新たにわからないことが出てきた。泥棒の二人が、なんで探偵の俺に近づいたのか。わざわざ俺の助手にまでなって。そこを問うと、恐ろしい答えが返ってきた。

「実はね、私が向こうに持って帰りたかった最大のお土産は、人間だったの」

俺は言葉を失った。今すぐこの場を逃げ出したかった。ツクネが企み顔で笑いながら言った。

「逆から読んでもシマヤマヤマシだし。連れてったらどうなるか興味津々で」

「俺で実験するつもりだったのか」

「うん。でも、なんだかうまいこと店の中に連れ込めなくて島山さんのことは諦めかけたの。でね、ほかに逆さまにしても大丈夫な名前の人を探そうとして、思いついたの、そうだ、読み方じゃなくて、漢字が左右対称だったらひっくり返しても大丈夫だって！」

楽しそうに話すツクネが怖い。

「何が大丈夫なのかはよくわからないが」

気がつくと、鍵屋は女性バーテンダーに変わっていた。そして、俺の手を取り、色っぽい目で見つめ、こう言った。

「島山さん、あっちの世界に遊びに行きませんか」

「行きます」と言いかけたが、力ずくで飲み込んだ。

「簡単に言うなよ。あんたたちにとっては遊びでできることも、こっちの人間にとっちゃ、只々おっかねえよ」

「でも女になれるよ」

と、ツクネが口を挟む。これに関しては、正直興味はあった。しかし、やっぱり断った。

バーテンダーとツクネは、俺を小屋から出した。

「さようなら」

観音開きの扉が閉まった。

俺はレコードとオセロと野球用品、そして大量の印鑑を託された。返すにしても果たしてこれをどう説明すればいいのだろう。そう思って視線を戻すと、もうそこには二人の姿はなかった。それどころか、建物自体が消えていた。そこには小さな祠(ほこら)があって、丸い鏡が立っている。鳥居の中央には、神社の名前が刻まれていた。

咲咲神社

「さかさかがみ……。さかさ、かがみ……、〝逆さ鏡〟か」

今まで気にも留めなかったが、この祠はもともとここにあったのだ。もしかしたら、鏡の向こうとこちらがつながらないように、結界の役割を果たしていたのかもしれない。

あまりにも不思議な体験で、どう受け止めていいかわからなかった。とりあえず目の前にある三千本のハンコを見て、俺はなんだか笑っていた。二十キロの袋をサンタクロースのように担ぎ、ハンコ屋に向かおうとしたそのとき、後ろから話しかけてくる声がした。

「あのー、島山さん……」

振り向くと、そこにツクネがいた。

「あれ!?　お前、どうした？」

「すいません。あのー……帰れませんでした」

「はあ？」

「消えちゃったんです。向こうの世界に通じる扉が……」

この世界に戸籍も存在しない、見た目は少年、本当は少女の、ツクネ。この日から、こいつが俺の正式な助手になった。

リバーシブル探偵、島山ヤマシ。と、その助手ツクネ。表沙汰にできる事件もできない事件もお任せを。島山ヤマシ探偵事務所では、あなたからのご依頼を、お待ちしております。

くらしの七福神

「八百万（やおよろず）の神様」こんな言葉もあるように、みなさんの暮らしのいろいろなところに、神様たちは宿っています。そして、それぞれの神様は、いつも受け持ちの魔物に手を焼いているのです。かしこみかしこみも申す。

倉志野神社　宮司

くらしのすっきり！七福神1

切り分け観音

きりわけかんのん

切り分け観音様は、とにかくきれいに切り分けるのが大好き。ひきだしの中の仕切り、老舗の暖簾（のれん）分け、仕事とプライベートの気持ちの切り替え。いつも切り分け観音様がお手伝いしてくれます。

切り分け観音様にかかれば、ケーキだってピザだって、5等分、7等分、9等分もお手のもの。パスポート用の写真、たい焼きのみみ、完璧に切りとります。長ネギの白いところと青いところの境目、完璧に見極めます。

切り分け観音様の受け持ちの魔物は、巻き込み魔。巻き込み魔は、せっかくきれいに分かれているところも、ズケズケと境目をなくし、土足で台無しにしてしまいます。

住宅密集地域にもかかわらず、庭でゴミを燃やしている人がいます。すごい煙がご近所さんを巻き込んでいきます。たまりかねたお隣さん、言葉を選んで伝えます。「すいません、洗濯物もありますんで、焚き火はちょっと……」

すると焚き火をしていた人、そのお隣さんについて、こんなことを近所に言ってまわり始めました。

「あそこの家はすぐにクレームを言う心の狭い人ですよ。だからみんなで嫌いましょう」

これが、巻き込み魔です。巻き込み魔は、あたかも自分が多数派かのようにまわりを無理やり巻き込みます。

こんなときは切り分け観音様の出番です。長〜い柳刃庖丁を持ってきて、その巻き込み魔の土地をきれいにまわりから切り分けます。土地は魔物ごとそのまま「すっ」と落ちていきます。魔界に。

切り分けてくださったお礼に、鶏そぼろと炒り卵と刻んだ菜っ葉をご飯の上できれいに分けた弁を、神棚にお供えしましょう。

くらしの
おさめて！
七福神2
おさまり弁天
おさまり
べんてん

アの裏や、洗濯機の横などの狭い隙間に、掃除機や脚立など、なにかがぴったりおさまることがあります。お土産にもらったラングドシャの缶をとっておいたら、名刺を整理するのにぴったり、なんてことも。これらは偶然ではありません。常日頃から部屋の片付けを心がけていれば、おさまり弁天様がきれいにおさまる組み合わせをとり計らってくれるのです。

おさまり弁天様のおさめる力は、それはもうすばらしいものです。木箱にウニの身や佐藤錦をきっちりおさめたりなんかはお手のもの。東京ドーム一杯ぶんのビタミンCをレモン1個におさめたりもできます。うちの神社に、引っ越し業者や運送関係の人が来て、みなさんおさまり弁天様にお参りしていくのも頷けます。

そんなおさまり弁天様の受け持ちの魔物は、広げ魔。しまっておかないで、出しちゃあ広げる魔物です。

例えば、家の前の公道に、発泡スチロールの箱を使った家庭菜園を広げまくるおじさん。広げ魔かもしれません。その道幅は広くはありません。ベビーカーなんかは、ぶつかっちゃうことも。それを見た発泡スチロールおじさん「ちょっと、ぶつかってるよ！」と怒鳴りました。

「すいません」と頭を下げるベビーカーのママ。すると発泡スチロールおじさん、ベビーカーの赤ちゃんを見下ろして「まったく、植物を大切にしない親を持った子はかわいそうだよ」と、大きな声で言いました。その大きな声は、しっかりおさまり弁天様にも届きました。おさまり弁天様は、おじさんの発泡スチロールを組み合わせ、それはそれは見事な宝船をこしらえました。宝船とおじさんは、海の彼方へと消えていきました。おさまり弁天様の気がおさまりましたとさ。

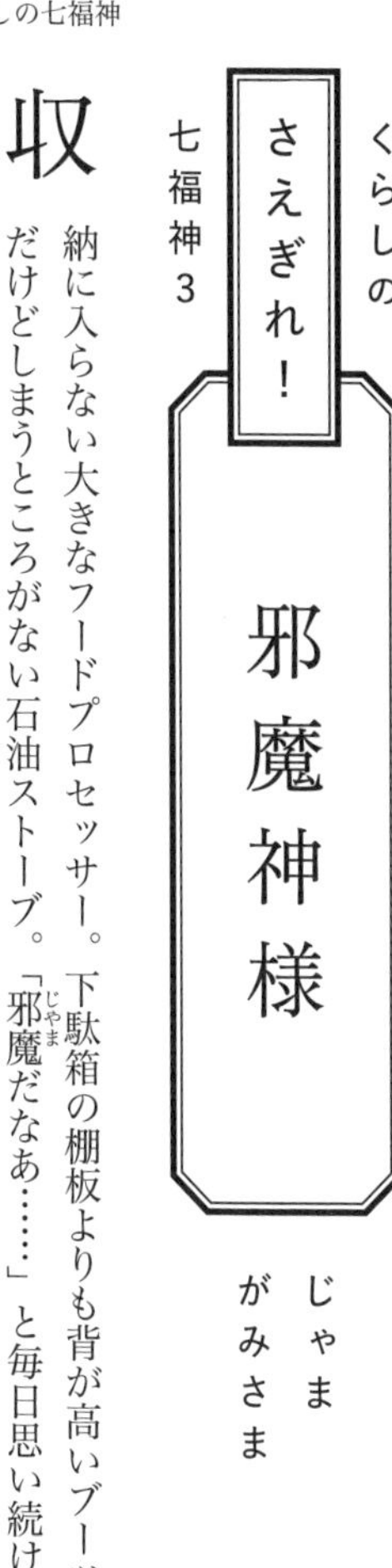

くらしの さえぎれ！ 七福神3

邪魔神様

じゃまがみさま

収納に入らない大きなフードプロセッサー。下駄箱の棚板よりも背が高いブーツ。夏だけどしまうところがない石油ストーブ。「邪魔（じゃま）だなあ……」と毎日思い続ければ、そこに邪魔神様は宿ります。邪魔だけど、邪魔だからこそ、その存在を忘れない。それが、邪魔神様のお力。玄関に出しっぱなしのブーツはたしかに邪魔ですが、下駄箱の奥で何年もカビている革靴よりよっぽどましです。邪魔神様からの、「履け」とか、「拭け」とか、「売れ」とか、「引っ越せ」とかいう、ありがたいお告げなのです。

邪魔神様の受け持ちの魔物は、邪魔魔（じゃまま）です。

例えばスーパーマーケット。こんなところにショッピングカートを置いたら、みんなが買い物しづらい。そんな場面にでくわしたら、それは邪魔魔のしわざです。邪魔魔は、おもに中年女性の姿をしています。あの人は邪魔魔かな？　そう思ったら、ちょっと観察してみましょう。そこそこ交通量の多いスーパーの前の通りに、なかなかの高級車で乗り付けて、ハザードもつけずに路駐。いきなりドアを開け、横を通るバイクがヒヤッとする。それに対して驚いたような被害者づらで「なあに急に、マナーの悪いバイク困るわ～」と自分は悪くないアピール。そう、これが、邪魔魔です。邪魔神様はこんな悪い邪魔魔を、邪魔袋で吸い取ってくれます。

ちなみに、テレビの前や、読んでる新聞の上に座り込む猫は、邪魔神様の遣いのものです。無理にどかさずに、好きにさせておきましょう。もしもあなたの家の猫が邪魔神様の遣いなら、あなたの知らないところで邪魔神様から餌をもらっていますよ。邪魔袋の中身をね。

なお、当神社では邪魔袋の形のお守りを販売しております。マタタビ入りです。

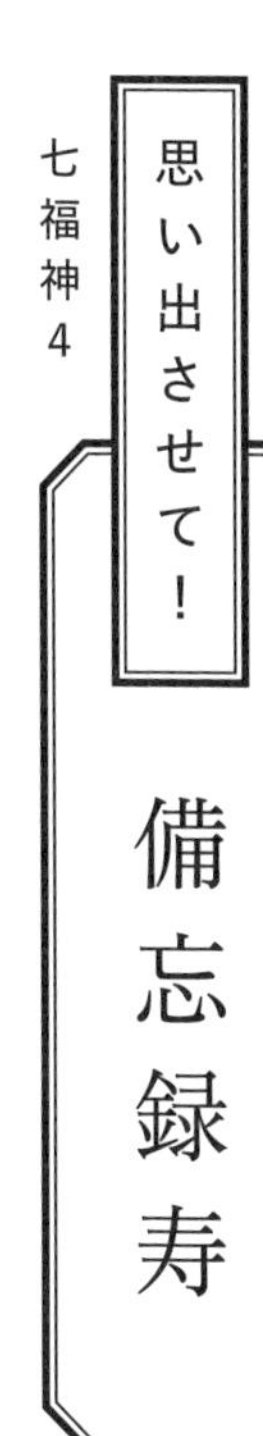

くらしの
思い出させて！
七福神4
備忘録寿
めもろくじゅ

ホームセンターに買い物に来て「あれ？　他にも今度ホームセンター行ったとき買おう、って思ってたものあったような……」こんなとき、なんのきっかけもなく「すっ」と思い出せたら、それは備忘録寿様の思し召しです。備忘録寿様は、メモの神様。あなたの代わりにメモをして、思い出させてくれる便利な神様です。

「メモ」は漢字で「備忘録」と表せます。備忘録寿様は、漢字3文字でメモをします。例えば、「マジックテープを買う」だったら「離着帯」。「ガス代を払う」だったら「燃気払」。

受け持ちの魔物は、わすれ魔。大事なことを忘れさせる悪いやつです。駅に取り憑いていたわすれ魔をお祓いした途端、忘れ傘が一気に減ったことも。

あるとき、うちの神社に、プロボクサーが勝利祈願に来ました。しかしこのボクサー、わすれ魔に取り憑かれていました。とんでもない不良だった彼は、20年前に故郷を捨てて上京。ボクシングジムに入り、努力してプロになり、なかなか活躍。けれど次の試合で引退することが決まっています。

彼は絵馬に、備忘録寿様への変わった願い事を書きました。「ガウンに漢字を入れたいので、俺らしい漢字3文字をください」と。

うちの神社の備忘録寿様を祀った社には、およそ2000文字からなる漢字みくじがあります。ボクサーは〝拳〟〝闘〟〝士〟とか、〝汗〟〝血〟〝漢〟とかを期待していたみたいですが、出たのは「父」「母」「礼」でした。

ボクサーは20年ぶりに田舎に帰って、ご両親に頭を下げたとさ。

くらしの
教えて!
明解明王
めいかいみょうおう
七福神5

不安だった家具の組み立て、なんだかひとりでできちゃった。パソコンの初期設定、あんがい自分でできちゃった。地図見ないで歩いたけど、ルーブル美術館にあっさりたどり着けちゃった。こういうの、明解明王様からのおめぐみです。明解明王様は「わか

る」を授けてくださる神様です。

明解明王様はいつもホワイトボードとマーカーを持っていて、どんなことでもとにかくわかりやすくしてくれます。相対性理論も、プロ野球のインフィールドフライも、折り紙の「カニ」の折り方も、明解明王様に教えてもらえば5秒でわかります。

明解明王様の受け持ちの魔物は、わかりづらさの化身、わから魔です。

道路工事の現場で、警備員が光る赤い棒を振っています。しかし、その振り方があいまいで、車は行っていいのかどうかがわかりません。動けないでいると、その警備員は「行けって言ってんだろ！」と怒鳴りました。わから魔です。わから魔は、自分の言ってることが伝わらないのを、相手のせいにする魔物です。みんなが「あのわから魔、明解明王様からバチが当たればいいのに」なんて思っていると、コンクリートミキサー車が制御不能になり、わから魔は巻き込まれ、ここに書くには忍びないほどのことになってしまいました。操縦していたドライバーは「このミキサー車、操作がわかりづらかったんです」と言うと、そのまま霧になって消えてしまいました。目撃者の証言によると、明解明王様に似ていた、とのこと。

それ以来うちの神社には警備員の幽霊が出て、何かを訴えていますが、何を言いたいのかは全然わかりません。

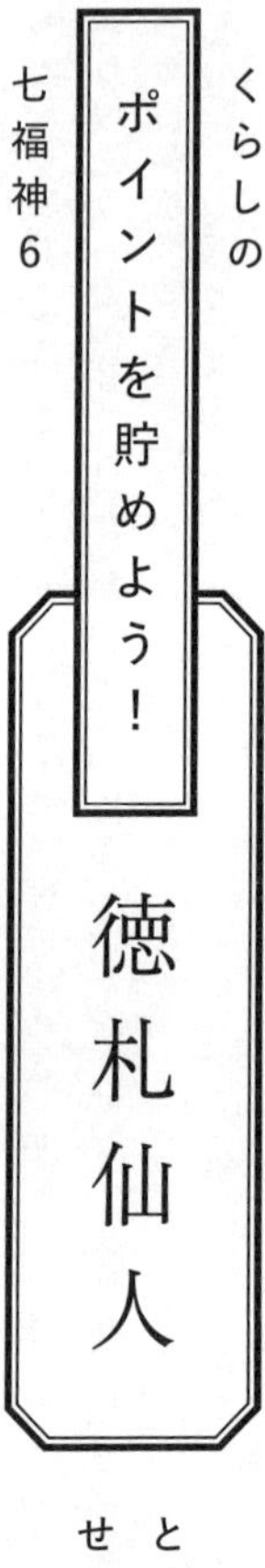

くらしのポイントを貯めよう！

七福神6

徳札仙人

とくふだせんにん

徳札仙人様の手元には「徳札」というポイントカードがありまして、良いおこないをした人には、ラジオ体操みたいにスタンプがひとつ押されます。ポイントが貯まると、松茸や伊万里焼などと交換できます。頑張って徳を重ねましょう。

　気をつけなければならないのは、徳札には裏面もあるということ。嘘をついたりズルをしたりするごとに、ドクロマークのスタンプがひとつずつ押されていきます。これが８００ポイント貯まってしまうと、イエローカードとして本人に渡されます。悔い改める機会を与えてもらえるのです。

　するとそこへ、徳札仙人様の受け持ちの魔物、うやむや魔が「すっ」と現れてこう言います。

「あんた、こーんなにたくさんの嘘やズルを貯め込んだんだねぇ。ようし……、うやむやにしちゃおうか！　あたかも全部なかったかのように、誤魔化しちゃおうぜ！　ひゃーっひゃっひゃっひゃ！」

悪人は、「逃げきった」「儲けもんだ」「こいつはラッキー」なんて思うかもしれません。しかし、これこそが最も恐ろしい罰なのです。だって全てを経験した本人だからこそ「自分の人生は、誤魔化しの人生だ」という事実から逃れられないのですから。一生後ろめたい、というペナルティです。

自分の人生を漢字3文字で表したら〝誤〟と〝魔〟と〝化〟だなんて……。まあでも、いますけどね、こういう人。

くらしの
七福神7

縁の下の大黒柱！

雑巾大黒（ぞうきんだいこく）

くらしの七福神、最後にご紹介するのは、うちの神社にある七福神像の中で最も小さい、雑巾大黒様です。みなさんお参りに来て、雑巾大黒様を磨いていかれるので、ギラッギラに黒光りしています。

雑巾大黒様のお仕事は〝黙って拭く〟。

あるとき、くらしの七福神があつまってパーティーが行われました。

切り分け観音様は、お料理を切り分けました。ピザ7等分、完璧です。皆に喜ばれました。

おさまり弁天様は、お料理を重箱に詰めました。隙間なく、きれいに並んだお料理は、とても美味しそう。皆に喜ばれました。

邪魔神様が配膳しました。時間が経っては味をそこなってしまう料理を、あえて目につくところに置きました。お刺身は新鮮なうちに、サンドイッチは乾かずしっとりと。皆に喜ばれました。

備忘録寿様がパーティーの司会をしました。お次はこのコーナー。お次はどなたの出番。完璧にメモしてあって、スムーズな進行。皆に喜ばれました。

明解明王様が、持参したゲームの説明をしました。みなさん初めてだったチェスも花札もマージャンも5秒で理解して、大変な盛り上がり。皆に喜ばれました。

徳札仙人様は、そのゲームの審判をやって獲得ポイントを計算。みなさんにポイントに応じた豪華な賞品を配りました。皆に喜ばれました。

そしてその間、雑巾大黒様は、こそこそとみなさんの周りの食べこぼしなどを拭き掃除していました。料理やゲームに夢中な神様たちは、誰ひとり雑巾大黒様を見ていません。それでいいんです。それが、雑巾大黒様なのです。

この日ばかりはおとなしくしていた、それぞれの神様の受け持ちの魔物たち。彼らはそんな雑巾大黒様の姿を、じっと見ていました。

例えば、あなたが頑張って何かに打ち込んでいるとします。勉強、スポーツ、仕事、教育、介護。雑巾大黒様は、そんな頑張るあなたの身の回りを、黙って拭くのです。チリも、ホコリも、汗も、涙も。

申し訳ないなんて思う必要はありません。あなたが頑張るべきことを頑張ってくれることが、雑巾大黒様の喜びなのですから。

そうそう。雑巾大黒様はあんがい家族や友人や、あなたの仲間の姿をしています。あなたが頑張るべきことを、納得いくまで頑張れたら、あなたの雑巾大黒様をピッカピカに磨いてあげましょう。

第二成人式

深夜。ひと気のないアーケード街。ひとりの男が、広告という広告を撤去しまくっていた。看板を外しては伏せ、ポスターを剝がしては破る。壊すことが難しい大きなものには、読めないように上から新聞紙を貼り付ける。またその新聞紙に印刷されている広告を見つけては、マジックで塗りつぶす。

このアーケード街の看板やポスターなどに書かれている言葉は、すべて彼が発言した嘘。彼のこれまでの人生の中で、過去についた嘘、あるいは今現在進行形でつき続けている嘘。

誰が言ったかは書かれていない。言った嘘が、言ったとおりにそのままそこに書かれている。だから、嘘がバラされているわけではない。しかし、それでも彼は必死に撤去している。

誰かに見られたくないというよりも、自分が見たくないのだ。中には自分でも言ったことを忘れていたような嘘もある。しかし、読めば必ず思い出し、嫌な気持ちになる。「ああ、俺はこれまでに、こんなにもたくさんの嘘をついてきたのか」。自分がついた昔の嘘から目を背け、なかったことにしてきたのに、今こうして目の前に突きつけられている。

例えば「盗んだのは、あいつらじゃないですか？」と書かれた看板。8年前、コンビニでのバイトを終え、家に帰ろうと店を出たとき、おもての駐輪場に前日から停めっぱなしになっていた誰のだか分からない自転車があった。彼はその自転車に乗って、自宅の近くまで帰り、怖くなってそのまま土手から川に捨てた。翌々日、彼がいつもどおりコンビニで働いていると、自転車の持ち主と警察官がやって来た。盗難自転車のことで、何か心当たりはないか聞かれたので、「深夜によく店の前でたむろしている中学生が、いつも迷惑行為をしていて困っている」というような話をした。つまり、本当は自分が犯人なのに、彼らのせいにしたのだ。持ち主も警察官も、その生徒たちによる犯行の可能性を強く感じていたようで、そのまま帰っていった。その後、その中学生らは店に来なくなった。

他にも「あのバーベキューの材料代は1円も余らなかったよ」「風邪ひいたから休みます」「いやー、最初から壊れてましたけどね」など、大小様々な数え切れない嘘。

「やめてくれ」「もうたくさんだ」そんなことを叫びながら、男は自分の嘘を撤去していく。

体力の限界なんてとっくに超えている。大きくて硬い看板を素手で壊しているから、腕や顔は傷だらけ、全身が汗とホコリにまみれ、叫びすぎて声は出なくなっていった。「なんでこんなことに」と自分に問うほどに、すべて自分がついた嘘であるということに苦しむ。誰のせいにもできない。罪悪感が爪の先まで支配していく。そして、彼は全体の1割も撤去できないままに、動けなくなってしまった。

気がつくと彼の目の前には、コインの山が現れ……。

❖ 第二成人式のご案内 ❖

おめでとうございます。あなたは40歳を迎え、第二成人になる権利を与えられました。ここに、第二成人式のご案内を送付いたします。

成人式は20歳のときにだけ迎えると思っていませんでしたか？　それもそのはず、40歳で迎えるこの第二成人式のことは、40歳になるまでは該当者に秘密にすることになっているのです。知らなかったあなたは、周りの40歳以上の方々が、きちんとルールを守ってくれていたということです。感謝しましょう。

さて、この第二成人式では、晴れ着姿で体育館に集まったりはいたしません。そのかわり、いくつかのプログラムにおひとりで参加していただきます。

❖ 第二成人式プログラム「無駄ごよみのゴミ焼却」❖

日めくりカレンダーをバラしたようなものが壁中に貼られています。しかしこれはカレンダーではありません。1日から始まっていますが、よく見ると、31日を超えても数字が増えています。32日、33日、34日……。

あなたはこれまでの人生の中で、どれほどの時間を無駄にしてきたでしょうか。たっぷり時間を使った作業中の大事なデータを、うっかり消去してしまい、まるごとやり直しになってしまったことはありませんか？　やってもやらなくてもいいゲームをなんとなくやり続け、気がついたらプレイ時間がものすごいことになっていた、なんてことはありませんか？　そんな無駄にしてしまった時間を、40年ぶんカウントして日数に置き換え、可視化したのが、この無駄ごよみです。これだけの時間があれば、もっと学べただろうに、もっと働けただろうに、もっと積み重ねられただろうに。

そして、そのこよみに火が放たれます。ゴミとして燃やすのです。美しく立ちのぼる炎と煙から、目をそらしてはいけません。このプログラムを経験した第二成人は、その後の人生で、時間を大切にするようになります。

❖第二成人式プログラム「逆走！　遠回りマラソン」❖

カーナビを信じずに独自の判断をした結果、大幅な遠回りになってしまったことはありませんか？　電車に乗ってわざわざ行った店が、定休日だったことはありませんか？　そんな40年ぶんの無駄な移動距離を突きつけられる。それが「逆走！遠回りマラソン」です。

あなたは、とにかく前に進めません。それどころか、歩くほどに後ろに下がってしまいます。5メートル先に、フィニッシュラインがあり、ご家族がゴールテープを張って、あなたの到着を待っています。しかしあなたは5メートルぶん進もうとすると、5メートル後ろに下がってしまい、ご家族との距離は10メートルになってしまいます。10メートル先にいる家族のもとへ、10メートルぶん駆け寄ろうとすれば、またそのぶん後ろに下がってしまい、ご家族との距離は20メートルになります。強制ムーンウォーク。これを、あなたが40年かけて無駄にした距離のぶんだけ体験していただきます。人によっては何日もかかる場合がありますので、ご了承ください。

このプログラムを経験した第二成人は、その後の人生で、ものごとの効率を考えて行動するようになります。

❖ 第二成人式プログラム「嘘見せの店々」❖

あなたがこれまでについてきた嘘が、すべて文字にされて、商店街じゅうに文字となって溢れます。小さな嘘から大きな嘘まで。昔の嘘から、現在進行中の嘘まで。看板、ポスター、電話ボックスの張り紙、電光掲示板など。誰も知るはずのないあなたの嘘が、すべて発表されます。嘘が暴かれるわけではありません。嘘をついたその発言が、ただ文字になって掲げられるだけですから、バレる心配はありません。それでもいやなら、あなたはそれらを撤去することもできます。このプログラムを経験した第二成人は、その後の人生で、嘘をつくことはよくないと改めます。

❖ 第二成人式プログラム「無駄づかい塚」❖

あなたの目の前に、コインの山が現れます。銭形平次が投げる、真ん中に四角い穴が空いている、あれです。「無・駄・銭・洗」と書かれています。

あなたはこれまでに、買わなくていいものを、どれほど買ってしまったでしょうか。コインは、あなたが無駄づかいしたぶんだけ、現れます。そのコインを巾着袋に詰めて、腰からぶら下げていただきます。重さは、1枚たったの1グラムですが、お金の無駄づかいを多くしてきた人ほどコインの枚数がかさみ、腰巾着は重たくなります。このプログラムを経験した第二成人は、その後の人生で、お金を大切にするようになります。

❖第二成人式プログラム「無駄のダム」❖

あなたの目の前に、とても透明度の高い水をたたえたダム湖が現れます。それは、あなたがこれまでの人生で無駄にしてきた水です。歯磨きのときに出しっぱなしになっていたり、お風呂を溢れさせてしまったり。とにかく蛇口から出て、そのまま排水溝に流された水。水の無駄づかいをしてきた人ほど、そのダム湖の底は深くなります。しかし、どんなに深くても、全く汚れていませんから、底が見えます。それはそれは、恐ろしく美しい光景です。ダム湖の名は「無駄のダム」。

さて、このとき、あなたの腰には、何グラムの腰巾着がぶら下がっているでしょうか。

コインは1枚、たったの1グラム。
100円ぶんで100グラム。
1000円ぶんで、1キログラム。
1万円ぶんで、10キログラム。
10万円ぶんで……。
あなたの無駄づかい、全部で何キロ、いや、何トンでしょうね。

成人式といえば、バンジーです。そのまま、「無駄のダム」に飛び込んでいただきます。

これで第二成人式は終わりです。

さあ、人生の前半戦の大反省会。ここを通るか通らないかで、後半戦の人としての豊かさが変わります。是非、ご参加を。

第二成人式に

参加する　　参加しない

ご注意

40歳未満の者に、この「第二成人式」の存在は口外してはなりません。

なお、60歳で迎える第三成人式に関するご質問は、一切受け付けておりません。

覚えてはいけない国語

みんな、国語の勉強は捗っているかな？　覚えなきゃいけないことがたくさんあるよね。でも、覚えちゃいけないこともたくさんあるぞ。間違えて覚えちゃったら大変だ。しっかり確認しておこう！

☞

覚えてはいけない漢字の読み方12選

この読み方は間違いです。こんなふうに覚えないように注意しましょう。

1

捗る「しゅほる」
（正しくは「はかどる」。部首にとらわれないように注意しよう。）

2

俯く「いっぷく」
（正しくは「うつむく」。部首にとらわれないように注意しよう。）

3

煩わしい「ひぺじわしい」
（正しくは「わずらわしい」。部首にとらわれないように注意しよう。）

4

領く「いまろぺじく」
（正しくは「うなずく」。部首にとらわれないように注意しよう。）

5

侮る「くぃる」
（正しくは「あなどる」。「侮（く）いる」に引っ張られないように注意しよう。）

6

堆い「おしい」

（正しくは「うずたかい」。「推（お）す」に引っ張られないように注意しよう。）

7

承る「しゃる」

（正しくは「うけたまわる」。なんかそんな感じがするからといって、そう読まないように注意しよう。）

8

夥しい「いちじるしい」

（正しくは「おびただしい」。「イチジク」に引っ張られないように注意しよう。）

9

覚束ない「かたじけない」

（正しくは「おぼつかない」。いっけん正しくも見えるので注意しよう。ちなみに「かたじけない」は正しくは「忝い」。）

10

消る「おばきゅる」

（正しくは「あやかる」。字の形がオバQに似ているからといって、間違えてこう読まないように注意しよう。）

11

尚ぶ「おばきゅぶ」

（正しくは「とうとぶ」。字の形がオバQに似ているからといって、間違えてこう読まないように注意しよう。）

12

諾う「だう」

（正しくは「うべなう」。正しい読みを聞いても、信じ難いときもあるので注意しよう。）

これらの読み方は、全て間違いです。絶対に覚えないようにしましょう！

覚えてはいけないことわざの意味28選

ちょっと待って！　そのことわざ、そんな意味じゃないぞ！
絶対に覚えないようにしよう。

1

縁の下の力持ち

床下には、思いのほか力の強いハクビシンやアライグマなど外来種の動物がいることがある。転じて、新参者をあなどってはならない、という意味。

2

同じ釜の飯を食う

二人以上で同時に、一つの炊飯器から直接ご飯を食べると頭がぶつかるが、お茶碗を使えば、ぶつかることはない。転じて、道具には頼ってよい、という意味。

3

鬼が出るか蛇が出るか

お芝居に、鬼か蛇、どちらが出演するのか揉めている。転じて、誰かが我慢しなければならないこともある、という意味。

4

鬼に金棒

鬼には金棒がよく似合う。けれど鬼にGペンをもたせたら、ものすごい強烈な漫画を描きそうだ。転じて、意外なところに才能は眠っている、という意味。

5

鬼の目にも涙

鬼は鼻からも耳からも口からもツノからも涙を出すが、普通に目からも出る。転じて、灯台下暗し、という意味。

6

飼い犬に手を噛まれる

野良犬に噛まれるよりはマシ、という意味。

7

蛙の子は蛙

蛙の子はオタマジャクシなので、蛙の子は蛙、は間違い。転じて、知識もないのに適当なことを言うな、という意味。

8

漁夫の利

漁師は獲れ高を記録するが、魚は獲られた数を記録しない。転じて、歴史は勝者で作られる、という意味。

9

故郷へ錦を飾る

錦とは、綺麗な色のこと。工業地域は空気中のチリの作用で、夕焼けが綺麗な色になる。転じて、故郷の環境問題に取り組もう、という意味。

10

虎穴に入らずんば虎子を得ず

虎穴とは、シマシマの筒。つまり、ストロー。ストローでミミズを飼うことはできても、トラの子は飼えない。転じて、ペットは正しい知識で最後まで面倒を見よう、という意味。

11

五十歩百歩

百五十歩を一気に数えるのではなく、五十歩と百歩に分けると、間違えにくい。転じて、物事は小分けにすると扱いやすくなる、という意味。

12

転ばぬ先の杖

昔、サキノツエさんという絶対に転ばないおばあさんがいた。しかし、犬に襲われて転んだ。転じて、物事に絶対はない、という意味。

13

触らぬ神に祟りなし

触っただの触ってないだの、満員電車の中で神様どうしが揉めている。しかし、揉めていても神様は神様。周りのみんなは、ありがたがっている。転じて、偉い人は何をやっても許される、という意味。

14

蛇の道は蛇

蛇専用レーンを自転車が通ってはいけない。自転車専用レーンに蛇が入ってきたらいやなものだ。転じて、交通ルールを守りましょう、という意味。

15

雀の涙

雀が号泣していれば、誰でも「どうした」と声をかける。転じて、泣けばなんとかなる、という意味。

16

チリも積もれば山となる

チリは、いくら積もっても、実際には山と呼べるほどの規模にはならない。転じて、大げさ、という意味。

17

鶴の一声

鶴がどんなに話しかけてきても、人間には意味がわからない。転じて、早めに諦めろ、という意味。

18

鶴は千年亀は万年

鶴は千年も生きないし、亀も一万年も生きない。転じて、大嘘をつく、という意味。

19

出る杭は打たれる

出る杭、つまり摑まりやすい棒。こんな便利な杭が打たれて引っ込んでは、みんなが困ってしまう。地域に愛されていた老舗も、都市計画であっさり潰されてしまう。転じて、とかく世の中は世知辛い、という意味。

20

灯台下暗し

明るく光る灯台も、ふもとは暗い。転じて、メインの仕事さえしっかりやれば、あとはまあどうでもいい、という意味。

21

泣き面に蜂

泣いている子供をあやそうと飴をやると、匂いで蜂が寄ってくる。転じて、甘やすことは、その子のためにならない、という意味。

22

二兎を追う者は一兎をも得ず

二匹のウサギを追っているなら、捕まえやすい別の一匹が現れても目もくれるな。転じて、夢を叶えるには楽な道を選ぶな、という意味。

23

猫に小判

キラキラしたものによくじゃれる猫にとって、小判はちょうどいいおもちゃである。転じて、ものはなんでも使いよう、という意味。

24

猫の手も借りたい

助太刀に、犬、猿、キジをつれてきた桃太郎を見て、鬼は「舐められている」と思う。その上桃太郎は「猫の手も借りようかな」などと嫌味を言いだす。転じて、お前など余裕だ、という意味。

25

武士は食わねど高楊枝

鬼が武士を食った後は、刀がちょうど楊枝代わりに使える。しかし、武士を食っていなくても、楊枝はほしい。転じて、おまけが魅力的なら、本体はいらないこともある、という意味。

27

豚に真珠

意外に似合う、という意味。

28

まな板の鯉

鯉は、まな板の上で料理される寸前まで、なんとか逃げ出す方法を考えている。転じて、最後まで諦めるな、という意味。

29

三日坊主

三日にお坊さんが来るということは、一日か二日には家を掃除しておきたい。転じて、たまに来客があると家がきれいになって良い、という意味。

!

これらのことわざの意味は、全て間違いです。覚えないようにしましょう!

覚えてはいけない
寿限無

落語に登場する有名な言葉あそび「寿限無」を、こう覚えたら間違いです。覚えないようにしましょう。

寿限無寿限無
ごぼうのささがき
かいぐり　かいぐり
水餃子　焼き餃子　揚げ餃子
食うてるんです　食うてるところなんです
油壺マリンパーク
サイン　コサイン　タンジェント
Should ling and green day

green day のポリプロピレンのポリフェノールの
上級編だそうです

この寿限無は間違いです。絶対に覚えてはいけません！

いかがでしたか？　全て間違っているから、絶対に覚えちゃいけません。覚えてしまわないように、とにかく注意しましょう。

SF　素晴らしき新世界

地球人の皆さん。我々は、チョキーリ星人です。皆さんご存じの通り、我々は地球の支配に成功いたしました。ありがとうございます。

あんなにあっさり白旗をあげるとは、よっぽど我々が怖かったんですね。どうぞ、お気を悪くなさらずに。

別にこの星をまるっと奪おうってんじゃないんですよ。ちょっとダメ出しをしようと思いまして。

我々は宇宙から地球をずーっと見てきました。今の地球は、とってもバランスが悪い状態になっています。

これから我々チョキーリ星人が、いろいろちょっきりに整えていきます。

まず、日付の話。なんですか、皆さんのこれまで使ってきたきりの悪いカレンダーは。

やれ31日だの28日だの。ややこしい。

数字の概念は宇宙共通です。その中途半端さは、我々にだって気持ち悪いんです。

太陽との動き方の関係で、1年が365日なのはしょうがない。ですが、その内訳を整理します。

12ヶ月制度を廃止して、かわりに1年間をちょっきり100日刻みで4シーズンに分けます。覚えやすいし計算しやすい。

シーズン1を100日。シーズン2を100日。シーズン3を100日。のこり65日がシーズン4、日数が中途半端なので、日付を気にしないバケーション期間とします。

それと、皆さんは7日に区切って「1週間」というふうにしているらしいじゃないですか。なんて中途半端な。ちょっきり10日にします。

星　月　火　水　木　金　肉　空　土　日

「毎週木曜日は肉の日」などという覚えづらいのはもうやめて「肉曜日は肉の日」になさい。

次、時間の話。

24時間制を廃止して、1日をちょっきり100等分します。

単位は「チョキリ」。

これまで皆さんが「12時」と呼んできた2回の時刻の、日付が変わるとこの方を「0チョキリ」。午前と午後の境目（正午）の方を「50チョキリ」とします。

これで「すいません、14時を4時と勘違いしてました！」みたいなことはもう起こりません。

次、角度の話。一周が360度っていうのをやめて、200とします。

だから、まったいらが100。直角が50。わかりやすい！

次、スポーツ。

野球

1チーム9人　↓　10人

1試合9回　↓　10回

サッカー

1チーム11人　↓　10人

前後半合わせて90分　↓　100分

フルマラソン　42・195キロ　↓　50キロ

オリンピックはメダルが3種類あるけど、ちょっきり10種類になさい。
金、銀、銅、鉄、アルミ、ポリプロピレン、石、木、紙、プラ。
おっと、ジャンケンにすると9位の紙が7位の石に勝ってしまう。
紙じゃなくて、葉っぱにしておきましょうか。

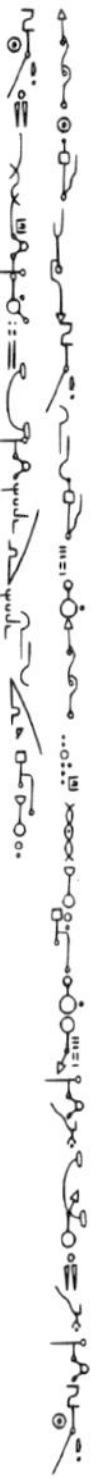

次、お金。通貨単位は「ツチョ」にします。

レートはこちら。

1ツチョ　＝　1ドル　＝　1ユーロ　＝　1ポンド　＝　10元　＝　100円

もう海外旅行に行って、いちいち頭の中で複雑な計算をする必要はありません。

次、ここからが本題。

「あり」か「なし」かのちょっきり2択にするものがあります。

それは、戦争です。「なし」でいきます。

君たち、いっつもどっかで誰かしらもめてますよね。

もう我々も来ちゃってるんだし、地球人同士でやいのやいのやってもしょうがないでしょ。

最初我々の宇宙船にドンパチ撃ってきたあれ、皆さんの全力でしょ？　やめときなさい、みっともない。

宇宙から見てるとよくわかるんですけどね、地球人同士で「自分が正義で、相手が悪」などと言い張りあって。

「私は正しい」
「みんなも私のことを正しいって言ってる」
「だから、私の意見と違う人は悪」

だから「攻撃する」

はいはい。わかったわかった。

我々は、地球の軌道上に、もう一個地球をつくることにしました。

新地球です。

地球と見分けがつかないくらいそっくりです。なんなら、旧地球より新しいぶん、環境は良いです。

全人類を、ちょっきり真半分の35億人と35億人に分けます。選別はもう終わっています。

争いや奪い合いを好むタイプの人を、新しい地球にお連れします。まだ誰もいませんよ。思う存分、争いまくって、奪い合ってください。

そして、そういうことを好まない人は、そのまんま古い地球にいてください。使い込まれた地球に残された皆さんは、環境の改善を頑張らないとね。

旧地球と、新地球、それぞれこれからどんな歴史を重ね、どんなふうに転がっていくのでしょう。

それでは、移動を開始しまーす。

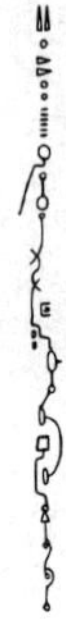

〈数日後〉

あー、あー。旧地球に残った皆さん聞こえますか？

いかがですか？　大気汚染が一気に鎮まっているの、わかりますか？　地球の人口は、ちょっきり半分になりましたからねー。

ここで、お知らせです。

もう一方の新地球チームの皆さんについてですが……あっという間に自滅しました。まあ、我々としては予想通りなんですけどね。

チョキーリ星人は、地球人類の歴史を、ちょっきり1万年観察してきました。

このままでは自滅すると見て、こうして手を施しました。

地球は、争いや奪い合いを好まない人たちだけの、平和な世界に生まれ変わったのです。ああ、なんて素晴らしき新世界！

さて、我々チョキーリ星人は、ぼちぼち退散します。

ん？　なんですか？　一部の皆さん。我々のやることに、なにか疑問を感じているようですね。

争いや奪い合いを好む人を排除して、無害なあなたがたが残ったんですよ？　よかったじゃないですか。

あ、今後のことなんですけどね、

これから時間をかけて、皆さんの中から、争いや奪い合いをする人が出てくると思います。100年後には、また半分に分ける必要が出てきます。

我々は退散しますが、次のこの星の担当は、スパーリ星人の皆さんです。

スッパリ分けてもらうといいですよ。

そうそう、200年後までには成長しておいたほうがいいですよ。

スパーリ星人さんの次は、ゴソーリ星人なので。

なぞの生物カジャラの飼いかた

月刊いきもの少年
夏休み別冊付録

監修　東海生物大学
海洋哺乳類研究室
梶原勘次教授

♠

「えへん！　わしは、なぞの生物カジャラの専門家、カジワラ博士じゃ。小学生のみんな、夏休みに、なぞの生物カジャラを飼ってみないか？　カブトムシやアサガオもいいけれど、カジャラの飼育は最高に興味深いぞ。観察日記をつけながら、立派に育てて友達に自慢しよう！」

♡「私はカジワラ博士の助手のヤラ子。やらしい子と書いて、ヤラ子です。まだ新米で、カジャラのことを詳しく知らないの、教えて、カジワラ博士！」

保護者の方へ

一部の危険な品種によって、カジャラに悪いイメージを持つ人も少なくありません。しかし、正しい知識を持って接することで、子供たちは素晴らしい命とのふれあいを経験することになります。カジャラの飼育は情操教育に効果があると、各教育団体からも大きな注目を集めています。

？カジャラってなに？

♡「なぞの生物カジャラ。ときどきニュースで見るわよね。高速道路をゆっくり横断して、大渋滞の原因になっているあいつ。でも、カジャラっていったいなんなんだろう。虫かな？　動物かな？　怪獣かな？　教えて、カジワラ博士！」

「うむ。ヤラ子くん、いい質問じゃ。カジャラがなんなのか、わからなくても大丈夫。あれがなんなのかは、実はよくわかっていないんじゃ」

「カジャラはどうしてカジャラっていうの？　教えて、カジワラ博士！」

「うむ。確かにカジャラって変な名前じゃな。みんなは、中華街にいる獅子舞を知っているかな？　顔がカジャラによく似ているね。あれは邪気を追い払う聖なる獣といわれているんじゃ。この『邪気を追い払う』ことを『駆邪（クジャ）』といい『カジャラ』の語源ともいわれているんじゃ」

「しわふー」

「なんじゃ『しわふー』って」

「脳みそのシワが一つ増えたわ、という意味です」

♠「かわいいのう」

保護者の方へ

カジャラはもともと海の生き物ですので、海獣（かいじゅう）と言えます。しかし一般的には「怪獣」と認識されています。怪獣と言っても、SF映画に出てくるモンスターとはずいぶん様子が違います。街を破壊しませんし、口から火は吐きませんし、メカカジャラもいません。それでも「怪しい獣」という意味では、怪獣と言っても間違いではないのかもしれません。お子様に聞かれたら、適当に答えておきましょう。

？世界のカジャラの種類

♡「カジャラってどのくらいの種類がいるの？　教えて、カジワラ博士！」

♠「うむ、いい質問じゃや。カジャラは世界中に分布していて、わかっているだけでも50種類以上もいるんじゃや。ここでは、そのほんの一部を紹介しよう」

ニホンオオカジャラ

♠「みんなが普段『カジャラ』と呼んでるのは、おもにこの種類じゃ」

♡「渋滞の原因になる邪魔なあいつね」

エゾマダラカジャラ

♠「群れをなして北の大地を大移動する姿はすごい迫力じゃ！」

♡「ふさふさ！」

アミメニシキカジャラ

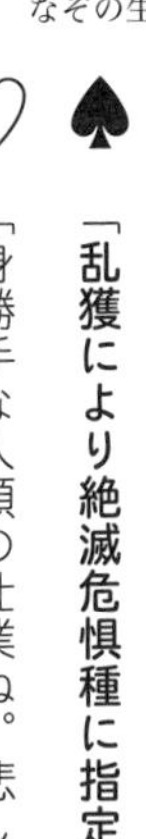

♠「乱獲により絶滅危惧種に指定されたんじゃ」

♡「身勝手な人類の仕業ね。悲しみが止まらない」

タイワンヒメカジャラ

♠「**わしは皮ごと食べるのが好きじゃ**」

♡「甘い！」

カジャラモドキ

♡「これはカジャラじゃないわ」

♠「**毒があるから注意！　刺されたら三日くらいはかゆいんじゃ**」

保護者の方へ

特殊有害外来種に指定されているカジャラは次の通りです。アメリカドクツメカジャラ、アフリカカミツキカジャラ、インドオニカジャラ、ヨーロッパヒトクイカジャラ、その他、計29種。詳しくは環境省のホームページにも掲載されていますので、参考にしてください。

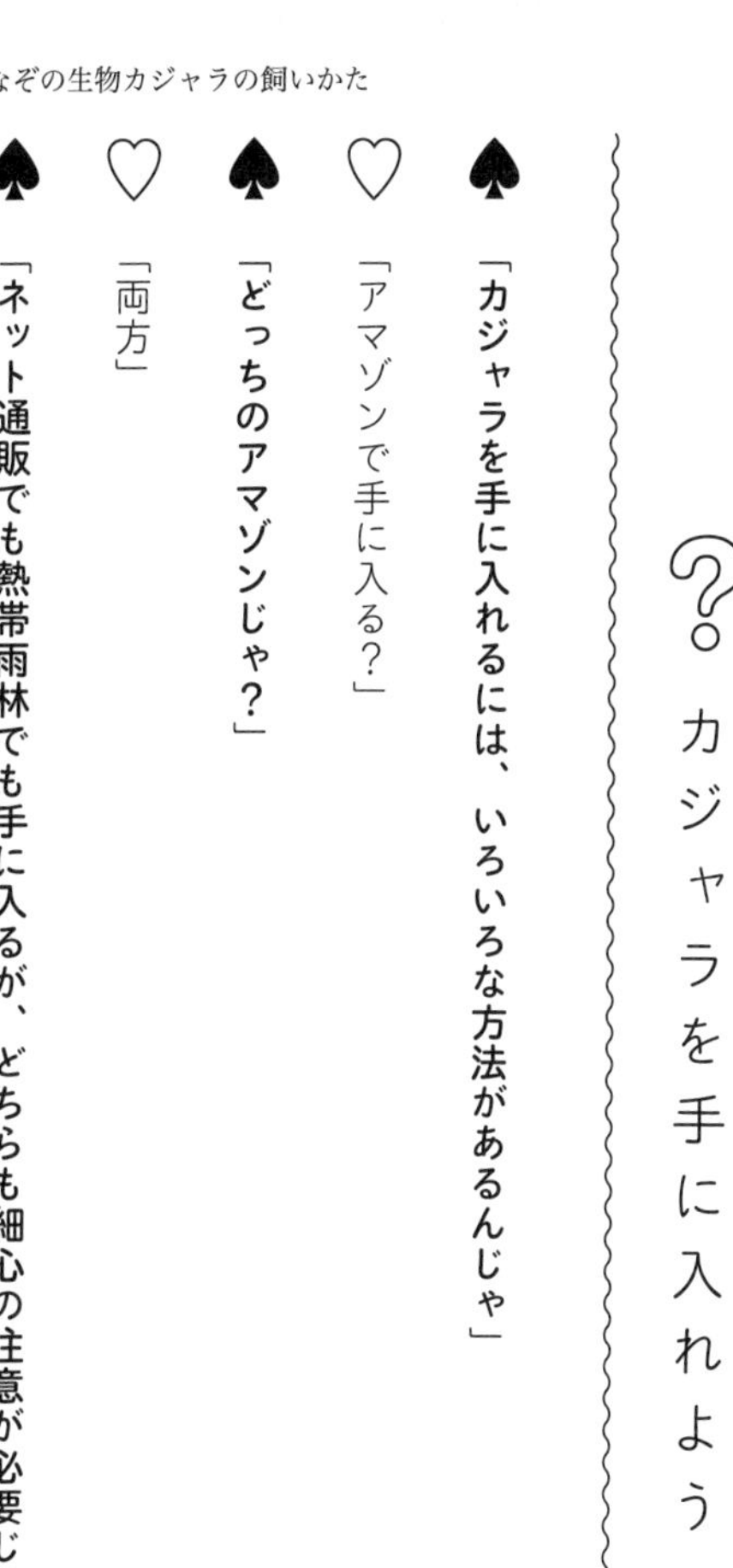

? カジャラを手に入れよう

♠「カジャラを手に入れるには、いろいろな方法があるんじゃ」

♡「アマゾンで手に入る？」

♠「どっちのアマゾンじゃ？」

♡「両方」

♠「ネット通販でも熱帯雨林でも手に入るが、どちらも細心の注意が必要じゃ」

カジャラ・トラップで野生のカジャラをつかまえる

♠「繁殖期のカジャラは赤いものが好きなんじゃ。消防車のミニカー、赤べこ、カープの帽子、シャアザク、ル・クルーゼの鍋など、赤いものを一箇所にまとめて置いておこう。このカジャラ・トラップを夜のうちに仕掛けて、翌朝見にいってみよう。カジャラが赤いものの前に座っているぞ」

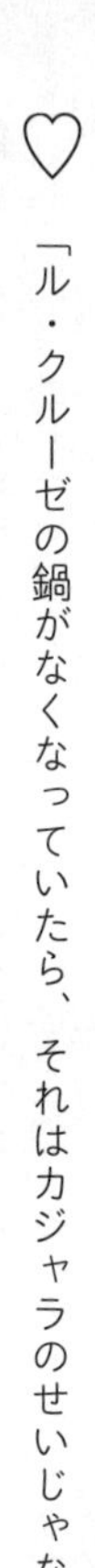

♡「ル・クルーゼの鍋がなくなっていたら、それはカジャラのせいじゃないわね」

♠「誰かが持っていったんじゃな。高価なものを使う場合は、お家の人に相談しよう」

保護者の方へ

繁殖期のカジャラが、真っ赤なポルシェを取り囲んでいる待ち受け画像は、運気が上がると言われています。

農家の人に分けてもらう

♠「君たちには面白いペットのカジャラも、農家の方々には害獣として扱われることがあるんじゃ。トマトやイチゴなど、赤い農作物の畑で動かなくなって、収穫の邪魔になることがあるからじゃ。農家の人に許可をもらって、分けてもらおう」

「トマトを？」

♠**「カジャラを」**

保護者の方へ

カジャラに害虫を駆除させる無農薬農法を行っている農家さんもいます。畑にカジャラがいたからといって、勝手に連れて帰るのはやめましょう。譲ってもらう場合は、必ずその土地の方に許可をもらい、やりとりをしてください。やりとりというのは、まあ、大人だからわかりますよね。

ペットショップを利用する

♡「ペットショップでも手頃なカジャラが手に入るようになったわね」

♠「うむ。デパートのカジャラはちょっと高いが、ブリーダーの名前が表記されているから安心じゃ。激安量販店なんかでもカジャラを見かけることもあるのう。けれど、値段の安いカジャラは、輸入が禁じられている違法養殖カジャラの場合もあるから、注意が必要じゃ。ヤラ子くん、見てみろ」

「激安！」

保護者の方へ

輸入された養殖のカジャラは安価で手に入りやすいですが、あまりお勧めできません。天然のものと一緒に飼うと、食べ合ってしまう場合もあります。カジャラの生態系を崩さないために、きちんと種類を確認してお買い求めください。

お祭りの屋台でも売ってるけど……

♡「♪カジャラ〜ア〜、カジャラ〜。よく踊る天然カジャラはいらんかね〜。一匹買えば魔除けにてきめん。二匹買ったら商売繁盛。三匹買えばお肌はつるつる神秘のパワーで子孫繁栄、父ちゃん今夜もがんばって。♪カジャラ〜ア〜、カジャラ〜！」

♠**「ヤラ子くん、うまいもんじゃな」**

♡「お祭りで見かけるカジャラ売りは夏の風物詩よね」

♠「うむ。でもな、屋台で売られてるほとんどのカジャラは実際にはカジャラじゃないんじゃ。亀やハムスターや和菓子などに手を加えてカジャラっぽくした偽物なんじゃ」

「ええー!?」

♠「だから、絶対に買ってはいかんぞ」

♡「しわふー」

保護者の方へ

悪質な業者による粗悪なカジャラの違法販売が後を絶ちません。その収益は、地下カジャラ賭博の資金源になっています。地下カジャラ賭博は、江戸時代には駆邪羅相撲として庶民に親しまれていましたが、現在は特定の地域をのぞいて法律で禁じられています。日本で賭けカジャラが認められているのは、東北地方の一部のみです。巨額の賭け金が動きますので、人生を良くも悪くも大逆転させてしまいます。お子様が巻き込まれないよう、充分にご注意ください。※お酒とタバコと賭けカジャラは20歳になってから。

？つがいを飼って、繁殖に挑戦しよう

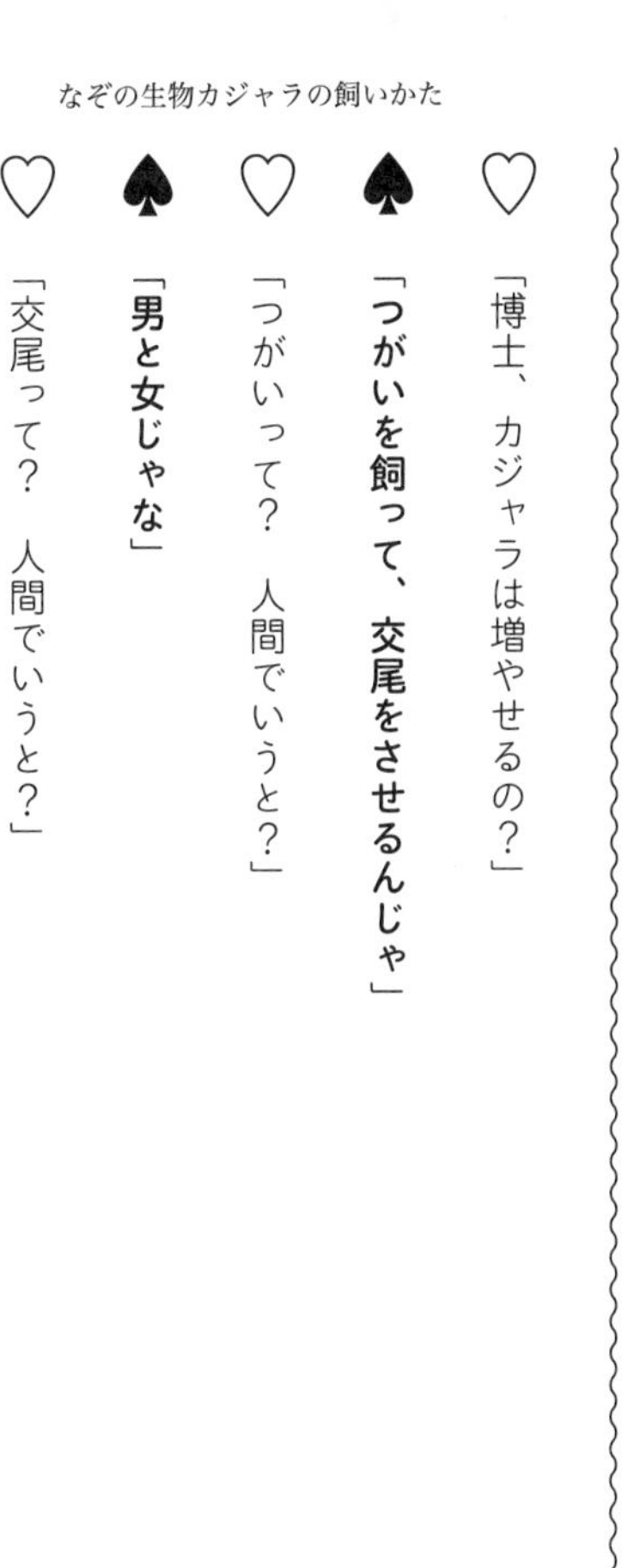

♡「博士、カジャラは増やせるの？」

♠**「つがいを飼って、交尾をさせるんじゃ」**

♡「つがいって？　人間でいうと？」

♠**「男と女じゃな」**

♡「交尾って？　人間でいうと？」

「ヤラ子くん」

「激安！」

♠「ヤラ子くん」

産卵させよう

♠「つがいを入れた飼育ケースに赤い紙を巻きつけ、真っ赤な空間にしてあげよう。こうするとカジャラが興奮して、繁殖しようとするんじゃ。けれど、交尾は見ちゃダメじゃ。カジャラのオスとメスの命の営みは、激しすぎてちょっとトラウマになるぞ。

　カジャラは、卵を温めない。産んだら産みっぱなしで、勝手に孵化する。孵化した瞬間、幼獣カジャラが最初に見た生き物が君だったらどうなると思う？」

「親だと思う？」

「残念。ただ『は？』って感じで、機嫌悪そうにされるぞ。でも、君が気を悪くすることはない。機嫌が悪いのではなく、幼獣のカジャラはそういう顔なんじゃ。カジャラの赤ちゃんは、本当にかわいくない」

「ほんと、ギョウザみたい」

「うむ。態度も悪いし、常に自分勝手にふるまう」

「ひだひだ」

「感動とグロテスクのギリギリのバランスを楽しもう！」

「ひだひだ」

保護者の方へ

カジャラの交尾は、あらゆる動物や昆虫の中でもっとも人間にやり方が近いといわれています。そのため、お子様に見せることはあまりお勧めしません。かつて中東諸国の貴族のあいだでは、カジャラの交尾を見ながら、一部始終を真似して楽しむという大人の遊びもあったようです。

サナギになったら

♠「幼獣カジャラは、2週間ほどでサナギになる。茶色くて硬い皮に包まれている」

♡「揚げギョウザ」

♠「この段階で、成獣にするか食べるか選ぼう。カジャラのサナギは驚くほどおいしい。揚げたてのカニクリームコロッケみたいな味がする」

「ギョウザの味じゃないんだ」

保護者の方へ

カジャラのサナギには、ドコサヘキサエン酸、セサミン、コラーゲン、しじみ300個ぶんのオルニチンなど、成長期のお子様に必要な栄養素が豊富に含まれています。ぜひお試しください〈世界健康保健機関SKHK（スカック）及び米国国立医科衛生大学BKKIED（ブキード）のデータベースに基づく〉。

成獣になったら

♠「サナギになっておよそ1週間。背中の部分から抜け出してくるのが、成獣カジャラじゃ」

♡「やっと、みんなもよく知っている、あの姿になるのね」

♠「大切に飼えば、人と変わらない大きさにまで育つぞ。ある程度言うことを聞くようになってきたら、リードで繋いで散歩に出かけよう。カジャラを散歩させている人とすれ違ったら『いいカジャラですね』のひとことを忘れずに！」

♡「よく海外ドラマで聞く〝Ｎｉｃｅ ＫＡＪＡＬＬＡ！〟ってやつね？」

保護者の方へ

ヒトに擬態したカジャラには充分にご注意ください。配偶者がカジャラと入れ替わり、気がつかずに半年も一緒に暮らしたという事例もあります。中には「旦那より良かった」という奥様の声もあります。気をつけてお試しください。

♡「今日は勉強になったわー。しわふー、しわふー。脳みそのシワ、増えまくりー。カジワラ博士、ありがとうございました」

「……」

「カジワラ博士」

「……」

♡

「ちょっと、どうしたんですか？　カジワラ博士。あれ？　もしかして、カジワラ博士じゃない!?　これって、ヒトに擬態したカジャラ!?　きゃー！」

♠

「なーんちゃって」

♡

「激安！」

保護者の方へ	カジャラをさらに詳しく知りたい方は、梶原勘次の著書『新生物カジャラの歴史と生態』をお求めください。

新生物カジャラの歴史と生態

東海生物大学教授
梶原勘次 著

はじめに

私とカジャラとの出会いは、小学校3年生のときだった。山梨県にあるオートキャンプ場に停めた父の車の陰に、カジャラがいたのだ。車止めのブロックに座って、こっちを見ていた。足元の葉っぱを少し集めては、また散らかす。そして「どう？」という感じでまたこっちを見る。私は、その面白いしぐさに心を奪われた。父が「お、カジャラじゃん。珍しいな」と言って、持っていたチョコバーをあげようとした。しかしカジャラは興味なさそうに立ち上がり、そのまま森の方へゆっくり歩いて行った。姿が見えなくなるまで、カジャラは振りかえらなかったが、こっちを意識しているな、という感じはした。

その後、カジャラのことが知りたくて図書館で図鑑という図鑑を読みあさった。しかし、描かれ方がまちまちで、かえってわからなくなってしまった。そこで私は、野生のカジャラを自分で研究しはじめることになる。

たまにニュースでカジャラの被害が取り上げられることがあれば、新聞の関連記事を切り抜き、スクラップブックに収めた。中でも印象的だったのは、１９７９年のカリフォルニアタイムスに掲載された復活祭での出来事だ。

欧米では復活祭のイベントで卵に色を塗って装飾することがあるが、それがカジャラの産卵期とたまたま重なり、色を塗ったニワトリの卵と野生のカジャラの卵と見分けがつかず、カジャラの幼獣が住宅地で大量発生したのである。「いつのまにか取り返しのつかないことになる」という意味の慣用句〝Easter kajalla(イースター・カジャラ)〟は、これに由来するものである（第2章「カジャラとメディア」参照）。

これに対し、日本のカジャラ報道は実に不親切だった。カジャラは宗教によっては神様として扱われているので、へたなことは書けないのだ。私は日本と欧米とで、カジャラの解釈がまったく違うということに驚き、遅れをとってはならないと、さらに研究に熱が入った。

カジャラの研究機関は世界中にあるが、日本国内では東海生物大学の海洋哺乳類研究室が中心になっている。中心と言えば規模が大きそうに感じるかもしれないが、実際はほとんど機能しておらず、私は入学したとたん研究室長に任命された。そのときの私のあだ名は「カジャワラ」だった。私はそこで4年間、カジャラの研究にあけくれた。その成果が国際カジャラ学会で認められ、現在に至っている。

カジャラが新生物と呼ばれるのは、その研究が近年になってから始まったことによる。カジャラ目カジャラ科カジャラ属カジャラ。学名、ニッポニア・カジャラ・パラドキシア。これほどまでに謎と矛盾に満ちている生物が他にいるだろうか。

江戸時代、ジョン万次郎がアメリカの捕鯨船に乗っていたときの日記に「この生物、アザラシともクジラともつかぬ。アザラとでも呼ぶか」という意味の記述がある。この「アザラ」が、日本人によるもっとも古いカジャラに関する記述なのではないかと言われているが、この海獣がカジャラであるという確証はない。万次郎による挿絵も残ってはいるが、下手すぎてなんだかよくわからない。

歌舞伎の演目に鬼や大蛇とならんでしばしば登場する「鹿坐螺（かざら）」という化け物がいる。これがカジャラを示したものではないかと言われており、現在のゴジラやガメラなど、怪獣の名前に「ラ」がつくのも、ここから受け継がれたものである。しかし、この歌舞伎のストーリーは寓話で、あくまでも創作された怪獣の可能性が高い。

兵庫県の葉更（はざら）神社の名前がカジャラの由来という説がある。狛犬の顔がカジャラっぽいことから、地元ではこの神社を「かじゃらさん」と呼ぶ人もいるそうだ。私も実際に見に行ったが、多少面長の狛犬ではあるものの、これがカジャラかという確信は持てなかった。ただ、この神社の境内は広々としており、子供たちが伝統的な遊び「かじゃらさん」をやっていたので、いつしかそう呼ばれるようになったのではないか、と私は思っている。

この伝統的な遊び「かじゃらさん」には、様々な地方ルールが存在する。しかし、後から付け加えられたであろうものを取り除いていくと、葉更神社のある地域のルールに近似する。このことから、ここが「かじゃらさん」の発祥地と考えられている（第1章「カジャラと日本人」の後ろにあるミニコラム「かじゃらさんの遊び方」で詳しく紹介する）。

このように、カジャラの起源に関しては諸説あるものの、どれも曖昧で確かな情報ではない。カジャラは私たちと深い関わりを持っているにもかかわらず、である。

本書は5つの章に分けて構成されている。
第1章は「カジャラと日本人」
第2章は「カジャラとメディア」
第3章は「カジャラと戦争」
第4章は「カジャラと文化」
第5章は「カジャラと人類の未来」

また、各章の間には、ミニコラムや川柳のコーナーなどもあるので、楽しんでいただきたい。

皆さんもカジャラを知れば、きっとその魅力に心を奪われることだろう。インドのことわざに「カジャラを知るものの人生は、カジャラを知らないものの人生と、なんら変わらない」というのがあるが、私はそうは思わない。ようこそ、カジャラの世界へ。それでは、第1章からどうぞ。

梶原勘次

（第1章〜第5章　全略）

あとがき

いかがだっただろうか、『新生物カジャラの歴史と生態』。初版が発売されたのち、各方面から、諸注意やご指摘をいただいた。ここにお詫びと訂正を記載する。

「はじめに」の中でカジャラの生物学的分類を「カジャラ目カジャラ科カジャラ属カジャラ」と明記したが、これには諸説あるため、各方面から断定的な表現は避けるようにというアドバイスをいただいた。

カジャラはもっとも生物区分の曖昧な生物と言われている。哺乳類でありながら卵を産むことから、カモノハシの仲間だという説もあるが、その分布がカモノハシの生息域であるオセアニアとは大きく異なることから、全く別の起源であると私は考えている。

一方で、カジャラを限りなく植物に近い生物だと唱える学者もいる。カジャラが産むのは卵ではなく、種子であるという説である。日の当たる場所でじっとしていることが多いのは、ただのんびりしているわけではなく、光合成をしているというのだが、私にはただのんびりしているようにしか見えない。

またカジャラを妖怪の類と信じて疑わないご年配の方もいる。

他にもあらゆる意見があるが、どれも憶測の域を超えておらず、実証されている学説はない。本書は、私なりの結論を記載したものであり、カジャラに関するその他の意見を否定するものではない。諸先生方、冒頭からそう目かじゃらを、いや、目くじらを立てないでいただきたい。

第1章「カジャラと日本人」の中に「アジアで初めてカジャラの繁殖に成功したのは上野動物園」とあるが、正確には、シンガポール動物園の方が一週間早かったそうだ。しかし、これは「アジア初」の称号欲しさのための嘘と私はみている。

第2章「カジャラとメディア」の中で「深刻なカジャラ被害」に関する新聞記事を紹介したが、これはあくまでも当時の新聞記事であり、その内容は参考にしないでほしい。現代における害獣カジャラの対処法を、念のために追記しておく。

まずは害獣カジャラの三原則、巣を作らせない、卵を産ませない、孵化させない、ということが大切。もしも自宅に巣を発見したら、専門の駆除業者を呼ぶのが賢明だが、小さいものなら自分で駆除する方法もある。野生のカジャラは、木のくぼみや岩の間などに巣を作るが、都市部で野生化したカジャラは、洗面器や炊飯器、ヘルメットなど、固くて深さのある容器に巣を作りやすい。自宅にあるそのような形のものをチェックしてみてほしい。葉っぱやビニール袋などがぎゅうぎゅうに詰まっていたら、それはカジャラの巣の可能性がある。卵はニワトリの卵のLサイズより少し大きいくらい。色は何色とも言えない変な色。もし巣を発見したら、まず、容器から葉っぱをすべて取り出す。卵はみかんのネットか何かでくるんで、もよりの役場に持っていけば、引き取ってもらえる（各地方自治体のルールに従ってください）。

第3章「カジャラと戦争」の中に書いた「8年間カジャラと暮らしたヨルダンの少女の奇跡」を読んだ出版社の方から、取材中に私が、カジャラをあんなようなふうにしたことが、ワシントン条約に違反しているかもしれない、とのご指摘があった。〈写真1〉

しかし、あんなようなふうになっているカジャラを見ている彼女の笑顔〈写真2〉を見れば、あんなようなふうのことをやってよかったと思えるのは、読者とて同じであろう。実際のところ、カジャラ輸入規制に関する国連と日本政府の見解の相違については、未だ論争が絶えない。もっとも優先されるべきはカジャラ自身の意思ではないのか。そんなようなふうに思う。

第4章「カジャラと文化」の中にある「オランダ東インド会社の働きによって普及したため、カジャラと紅茶の分布は極めてよく似ている」という記述は、オランダ人への電話取材によるものだったが、翻訳に間違いがあった。正確には「オランダ東インド会社の子会社の取引銀行であるホープ商会の頭取の娘ナターシャが、カジャラと紅茶が大好きだった」ということだった。

第5章「カジャラと人類の未来」の中の一文に誤りがあったので、ここに訂正する。

誤「カジャラによって人類は滅亡する」

正「カジャラによって人類は滅亡しない」

最後に、本書『新生物カジャラの歴史と生態』をまとめるにあたって取材に協力してくれた、日本生物学連盟の大塚喜平会長、文化人類学者の井上正樹教授、素敵な挿絵を描いてくださった橋本みちるさん、67頁のカジャラの求愛行動のポーズの撮影に協力してくれた舞踏家の森川シャーマン慎二さん、カジャラ川柳のコーナーに寄稿してくださった放送作家のワタセコースケさん、付録のトートバッグをデザインしてくれたLaLaLaグラフィックスさん、本当にありがとうございました。

学名、ニッポニア・カジャラ・パラドキシア。パラドキシアとは、不可思議なもの、難問、矛盾。つまり正体は謎のまま、その存在を認めざるをえないという生物。カジャラに対する人々の興味がつきることはない。

インドのことわざに「カジャラを知るものの人生は、カジャラを知らないものの人生と、なんら変わらない」というのがある。本書を書き終えた今、その意味が少しわかる気がする。

梶原勘次

短いこばなし三十三本　その二

「カチカチ山」

悪いたぬきが、おじいさんとおばあさんをひどい目にあわせました。
うさぎは悪いたぬきを懲らしめようと、
悪いたぬきを海に誘い出し、泥舟で沈めました。
命からがら岸にたどり着いた悪いたぬきは、
うさぎを山に誘い出し、崖から落とそうと思いましたが、
うさぎもたぬきも雪山で遭難し、

翌朝、カチカチになっていましたとさ。

＊

レジにて
店員「いらっしゃいませこんにちは〜」
客「こ、こ、こんにちわ！」
店員「ポイントカードはお持ちですか？」
客「えっ？　ポイントカードは、お餅では、ないです」
店員「お支払い方法は？」
客「手で、こう……」
店員「領収書のお名前は？」
客「領収書に名前を!?　じゃあ、ええと、領収書の領の字をとって、領太郎で」
店員「いえ、そうじゃなくて」
客「はああ！　すいません！　女の子でしたか！」

＊

測量学園

「巻尺くん」

「なんだい折尺くん」

「巻尺くんは卒業後どうするの？」

「メジャーを目指すんだ」

「僕も行きたいけど、留学枠がひとりなら、君が行くといいよ」

「折れてくれてありがとう、折尺くん。あ、ジャンボ定規先生だ！」

「よーし、ふたりともアメリカに行けるように、私が取り計らおう！」

「スケールがでかいや！」

＊

石油ストーブには、石油ではなく灯油を入れてください。

筆箱に筆を入れるなら、サイズ的に筆ペンにしておきましょう。

空気は、空気入れに入れずに、タイヤに入れてください。

ただし、下駄箱には下駄を入れても構いません。

著者お気に入りの和食屋での実話。

カウンター席で外国人の客がコースを注文した。

一品目を差し出したときに板前さんが言った衝撃の一言。

「ディスイズ、ファーストフード」

＊

「靴下をぶら下げておくと、サンタクロースが中身を入れてくれるんだよ」

「ええ!?　誰の足を!?」

＊

「1回3階に行こう」を「1階と3階に行こう」という意味だと捉えては、誤解です。

＊

店員「店長！　酔ったお客さんが『つまみを出せ』って騒いでいます」

店長「よし、つまみだせ」

＊

キングコングと普通のゴリラとでは、キングコングの方が怖い気がするけど、「新宿で暴れている」というニュースの場合、怖いのは普通のゴリラ。

＊

じじいの投稿
孫が庭の柿を食べたがったので「まだ食べごろじゃないよ」と教えたら、孫は「かきいれどきを待つんだね」と言い、今は庭でヒップホップダンスを踊っている。あとで何か甘いものを買ってやろうと思う。

＊

「容疑者がこの小料理屋にいたとなると、アリバイが崩せないなあ」

「はい、店に伝票まで残っていました。あえものを注文しています」

「くっそー、お蔵入りかー」

「はい、オクラ入りです」

＊

「受話器からお湯が出ないから、
NTTのコールセンターに聞いたら、東京ガスに聞いてくれって言われて、
東京ガスのコールセンターに聞いたら、NTTに聞いてくれって言われた」
「ホームセンター行け」

＊

東の方角から、エアコンを載せた神輿がやってくる。出し神様と呼ぶ。
西の方角から、室外機を載せた神輿がやってくる。吸い神様と呼ぶ。
担ぎ手たちは、「冷！」「暖！」「ドラーイ！」と叫び、
互いの神輿をぶつけ合いながら、日頃の快適な空調に感謝をあらわす。
これが、エアコン祭りです。皆様のご来店をお待ちしております。

＊

おしゃべりロボットのカタル君を買ってきた。

おしゃべり以外にも何かできるのかな。スイッチ、オン。

「こんにちは。僕、おしゃべりロボットのカタル君だよ。ロケットパーンチ！」

＊

「すいません、当デパートは屋上を開放していますが、スナイパーの方はご遠慮いただいているんですよ」

「なぜ私がスナイパーだとわかる」

「ポイントカードつくったとき職業欄に書いたでしょ。屋上以外のフロアはご利用いただけます」

「じゃあ、サングラス売り場は」

「4階のアーバンファッションフロアです」

「どーも」

＊

普通くんが、金持くんの家に遊びに来ました。

普通くん「僕、クリスマスにスーパーカーのラジコンを買ってもらったんだ」
金持くん「ふうん。僕はスーパーカーを買ってもらったんだ」
普通くん「本物かあ！　金持くんはすごいなあ。あ、僕、誕生日に、コーヒーカップを買ってもらったんだ」
金持くん「ふうん。僕はコーヒーメーカーを買ってもらったんだ」
普通くん「あれ、金持くんにしては普通だね」
金持くん「そうかい？　コーヒーのメーカーを丸ごと一社買ってもらったんだよ」
普通くん「すごいや！　ねえ、ＩＭＡＸシアターのリモコン、利かないんだけど」
金持くん「それは、金の延べ棒だよ」
普通くん「へえ、ちょうだい」
金持くん「いいよ。そのかわり友達でいてくれ」
普通くん「うーん……いいよ」

＊

問題：次のうち、乗って遊べるものはどれ。
A　スケートボード

B　ホワイトボード
C　イラストレーションボード
答え：全部

＊

問題：次のうち、食べ物の話をしているのは誰。
A「私は豚が好き」
B「僕はカブトムシが好き」
C「オレ、ニンゲン、スキ」
答え：全員

＊

「先生、うちのビーグル犬がニャーと鳴くんです。治りませんか」

「これは猫ですよ」

＊

「先生、うちの文鳥がヒヒーンと鳴くんです。治りませんか」

「これはおじいさんですよ」

「本当だ。帰ろ、おじいちゃん」

「ヒヒーン」

＊

エスパー彼女の誕生日
マジシャン彼氏「はい、プレゼント」
エスパー彼女「うわー！　これほしかったんだ！」
マジシャン彼氏「おいおい、開ける前に透視すんなって」
エスパー彼女「どうして私がこれをほしがってるってわかったの？　まさかテレパシー!?」
マジシャン彼氏「僕はエスパーじゃないけど、君のことはわかるんだよ」
エスパー彼女「もう」

＊

マジシャン彼氏の誕生日
エスパー彼女　「さ、ロウソクを消して」
マジシャン彼氏「1、2、3、はい！」
エスパー彼女　「いや、ロウソクそのものじゃなくて、火を消してほしかったんだけどな」
マジシャン彼氏「ごめんごめん。じゃあケーキを切ってとりわけよう」
エスパー彼女　「私がやるって」
マジシャン彼氏「いいよ、君がやるとフォークとナイフがぐにゃぐにゃになっちゃうから」
エスパー彼女　「不便だわ〜」

＊

エスパー彼女とマジシャン彼氏の大事な日
エスパー彼女　「お、何そのポケットの中の指輪。新作マジックの道具？」
マジシャン彼氏「透視すんなって」
エスパー彼女　「ごめんごめん。最近調子いいのよね。テレパシーもバリバリいける」

マジシャン彼氏「……」
エスパー彼女「ふつつか者ですが、よろしくお願いします」
マジシャン彼氏「バリバリだな」
エスパー彼女「びっくりしたよ。プロポーズされるなんて予知できなかった」
マジシャン彼氏「予知ってどうやるの?」
エスパー彼女「集中して、頭の中で時計の針を回すの」
マジシャン彼氏「ふうん。じゃあ5分後を予知してみて」
エスパー彼女「いいよ。……………バカ」

*

レンタルビデオ屋での会話（1）
「なあ、シンデレラって、どんな話だっけ」
「一番美人の主人公が、王子に惚れられて、玉の輿に乗る話」
「白雪姫ってどんな話だっけ」
「一番美人の主人公が、王子に惚れられて、玉の輿に乗る話」
「美女と野獣ってどんな話だっけ」

「一番美人の主人公が、王子に惚れられて、玉の輿に乗る話」

「ふうん」

「で？　どれ借りる？」

「ジブリ」

＊

レンタルビデオ屋での会話（2）

「なあ、ロッキーって、どんな話だっけ」

「一番かっこいい主人公が、結果一番強いって話」

「ランボーってどんな話だっけ」

「一番かっこいい主人公が、結果一番強いって話」

「ふうん」

「で？　どれ借りる？」

「ショーシャンク」

＊

調味料こばなし（1）
ゴマ「なあ、まざろうよ」
塩「すりよらないで」
ゴマ「しょっぱいこと言うなって」
塩「だってあんた、油っこいんだもん」
ゴマ「そう言ってるけど、帰らねえじゃねえか」
塩「そばにはいたいのよ。ふられちゃいそうなんだもん」
ゴマ「塩らしいねえ」

＊

調味料こばなし（2）
泥棒集団、七味一味のアジトに、コショウが乗り込んで来た。
七味一味「何者だ！」
コショウ「コショウっす。賢いあっしを仲間に入れておくんなさい」
七味一味「鼻につくヤツめ」
コショウ「まあそうピリピリしなさんな」

七味一味「お前に何ができると言うんだ」
コショウ「現代は情報社会ですよ？」
七味一味「スパイってことか？」
コショウ「スパイっす」

＊

大さじと小さじの会話
大さじ「おい、小さじ」
小さじ「なんだい、大さじ君」
大さじ「大は小を兼ねるって言うだろ？　俺様はお前の３杯ぶんもあるんだ。もうお前に出番はない！」
小さじ「そうかな。もし大さじ君がいなかったら僕は３回数えればいいんだよ。もし僕がいなかったら、大さじ君は小さじ１杯をどうやって量るの？」
大さじ「レシピの３倍で作ればいいんだ！」
小さじ「そんなムキになるなよ。器が小せえなあ」
大さじ「うるせえ！　男の料理ってのは分量にこだわらねえんだよ！」

小さじ「そうサジを投げるなって。1人分のレシピを3人分作ったらあまっちゃうじゃないか」
大さじ「あまらないね。大食いの人の話をしてるんだよ」
小さじ「そんなの君のサジ加減じゃないか」
大さじ「さっきからうまいことを。お前、賢いなあ」
小さじ「大さじ君ほどじゃないよ」
大さじ「お世辞かよ」
小さじ「おサジだよ」

＊

鍋の前で、食材たちが脱走計画を立てていた。
昆布「逃げるなら今ですね」
椎茸「おい、声が高いぞ。誰かに聞かれたらどうする」
鰹節「大丈夫、聞いちゃいませんて」
煮干「いやいや、きいてるよ、ダシが」
一同「おー」

弟子「皿回し界の大スター、まわし屋くるり先生の付け人をやらせていただけて光栄です！」
師匠「何事も修業だ。がんばりなさい」
弟子「早く僕も、なんでも回せるようになりたいなあ」
師匠「出かけるぞ、車をまわしてくれ」
弟子「ええ!?　車を回すんですか!?」
師匠「違う！　車を運転して玄関につけろと言っているんだ。
今日出演するイベント会場に連絡して、荷物が多いから何人かスタッフをまわしてほしいと伝えてくれ」
弟子「ええ!?　スタッフを回すんですか!?」
師匠「違う！　お前は頭が回らんのか」
弟子「はい」

＊

「なあ、トーマス。ニワトリが生まれるのはタマゴからだよなあ」

「そうさ、アレキサンダー」

「でも、そのタマゴは、ニワトリから生まれるんだよなあ」

「当然さ。アレキサンダー」

「じゃあスタートはどっちだ。ニワトリが先か？　タマゴが先か？」

「簡単さアレキサンダー、答えはニワトリだ。

ニワトリ（chicken）は、〝C〟で始まる。タマゴ（egg）は〝E〟で始まる。

アルファベットの順番は、ニワトリ（chicken）が先さ」

「待て待てトーマス、ニワトリは〝C〟では始まらん。〝に〟だ。タマゴは〝た〟だ。

あいうえお順なら〝に〟は後だから、タマゴが先だ」

「アレキサンダー、君は日本語がわかるのかい？」

「何を言ってるんだ、トーマス。俺はアレキサンダーじゃない」

「じゃあ誰なんだ」

「荒木さんだ」

「誰なんだ」

洗剤会議

司会者「酸性かアルカリ性かを多数決で決めます。酸性に賛成の人」
参加者「はい」
司会者「酸性に反対の人」
参加者「はい」
司会者「ありがとうございました。手を挙げていない人がけっこういますね」
参加者「すいません、僕、弱酸性がいいと思うんですけど」
司会者「なるほど。では、弱酸性に賛成の人」
参加者「はい」
司会者「弱酸性に、反対の人」
参加者「はい」
司会者「まだ全員挙げてませんね」
参加者「すいません、僕、弱酸性に弱反対なんですけど」
ジャクソン三世先生「お前らやめないか。生産性のない会話だ。なんだ弱反対って」

＊

司会者「ジャクソン三世先生は、弱酸性に賛成なんですか！」
ジャクソン三世先生「うるせえ！」

＊

双子の天才科学者、ロット博士とコッド博士が、瞬間移動装置を発明した。

装置Aにリンゴを入れてスイッチを押すと、離れたところに置いてある装置Bから出てくる。

ある新聞記者が「それは二つの違うリンゴなんじゃないか」と疑った。

そこでロット博士とコッド博士は、違う実験を見せた。

装置Aにリンゴを入れ、装置Bに洋ナシを入れて、スイッチを押す。

すると、リンゴと洋ナシが入れ替わった。

これも新聞記者は疑った。

リンゴと洋ナシは入れ替わったのではなく、それぞれの装置の中に別のリンゴと洋ナシを仕込んでおいたんじゃないか、と言い出した。

ロット博士とコッド博士は心外そうに答えた。

ロット博士「だったらリンゴに聞いてみろ、お前はさっきのリンゴだよな？　と」

コッド博士「そうだ。洋ナシに聞いてみろ、お前はさっきの洋ナシだよな？　と」

しかし、リンゴと洋ナシが口をきくわけもなく、新聞記者は信じずじまい。

そこで、装置Aにロット博士が、装置Bにコッド博士が入り、新聞記者がスイッチを入れることになった。

装置が作動して、装置A、B、それぞれから博士が出てきた。

ロット博士が入った装置Aから出てきた博士は、「私はコッド博士だ」と言った。

コッド博士が入った装置Bから出てきた博士は、「私はロット博士だ」と言った。

しかし新聞記者には双子の見分けがつかない。

疑う記者に博士たちは「だったら記者さんが装置Aに入ってごらんなさい。そして装置Bから出てくれれば、信じてくれますね？」と提案した。

やってみることにした新聞記者、装置Aに入って扉を閉める。

すると双子の博士は、装置Aと装置Bの位置を、台車を使ってそーっと入れ替えた。

移動後、装置から顔を出した新聞記者は叫んだ。

「なんてこった！　本当に移動している！」

記者は、装置は本物だったという記事を書いた。

翌日、けっこう遠くの地方支局に異動になった。

落花　8分19秒

東京のオフィスビル街で、大きな陥没事故があった。5階建てのビルがひと棟、丸ごと地中に消えたのだ。日曜日の早朝だったため、ビルの中には誰もいなかった。幸いにも死傷者は出なかったが、ギリギリセーフだった男が一人いた。落下したビルのすぐ裏で、写真の撮影をしていたカメラマンだ。彼は陥没事故の8分19秒前、何かをきっかけに慌ただしく三脚をたたみ、撮影道具を持ってその場を立ち去った。

その様子は防犯カメラに映っており、事故があることを事前に知っていたかのような行動だったので、警察は一応取り調べをした。棚田耕平（たなだこうへい）、25歳、スタジオ勤務。当日撮影していたのは、趣味の風景写真。彼の素性はそれ以上でもそれ以下でもなく、テロリストでもなんでもない、ということになり、すぐに「帰ってよし」となった。

その後の調査で、陥没はトンネル工事がきっかけだったとメディアからは発表された。

彼は、何をきっかけに、慌てて あの場を離れたのか。ノストラダムスみたいな予言者というわけではない。8分19秒前にひび割れなどの予兆があったわけでもない。けれど、彼にしか知ることのできない〝ある方法〟によって、8分19秒後に自分のすぐうしろにある建物が消えてなくなる、ということを知ったのだ。

★

小学生の耕平は、自分よりずっと背が高いひまわり畑の中を、すり抜けるように走るのが好きだった。あるとき、彼の目の前から次々とひまわりの影が消えていった。ひまわりたちは真っ直ぐに立ったままなのだが、地面に落ちている影だけが遠くから順番に消えていく。どんどん明るい場所が広がっていき、彼の周りからすっかり影がなくなった。彼は土手に駆け上がり、ひまわり畑を見渡した。すると、少し離れたところでひまわりの刈り取りが行われていた。そしておよそ10分後には、彼がさっきまで遊んでいた場所のひまわりも収穫され、何もなくなった。

物体はなくなる前に、影が先になくなることがある。幼かった彼は、それを不思議にも思っていなかった。友達と話が食い違うこともあったが、そういうもんだ、というくらいに思っていた。

中学1年のとき、人と違うということが明確にわかる出来事があった。

田舎なので、夜は街灯りがなく真っ暗だった。天気がいい夜空には、星座早見表よりずっと多い星が出ていた。彼はそんな星空を見ながら、学校で習った星座を見つけるのが好きだった。しかし、どうしても見つけられない星がひとつだけあった。オリオン座の3つ並んだ星は有名である。それは、彼にもすぐに見つけられる。けれど、それを取り囲む4つの星のうち、左上のひとつがどうしても見えないのだ。星座の本と見比べても、あきらかにひとつ足りない。一等星と書いてあるから、相当明るいはず。その星の名は、ベテルギウス。

友達に聞くと、みんな「見える」という。

「自分にだけ見えない星がある」

ずっとこのことが頭にひっかかったまま、何年かが過ぎる。

高校2年のとき、理科の課外学習で初めて東京に行った。畑しかない田舎で育った彼にとって、花の都東京はとんでもなくきれいに見えた。高層ビル群は、まるで未来都市だ。

東京宇宙科学館というところで、初めてプラネタリウムを観た。実際に見る星空と違って、そこにはベテルギウスがはっきり映し出されていた。

「みんなにはこう見えているんだ」

そう思ったら、理由のわからない涙が流れた。

午後、自由行動の時間があったが、彼はそのまま宇宙科学館に残り、繰り返しプラネタリウムの上映を観た。そのプラネタリウムでは宇宙の専門家が、星空ナビゲーターとして生で音声解説をしてくれていた。女性の優しい声だったから少しだけ眠くなったけど、一瞬たりとも見逃すまいと、最後までがんばった。上映終了後、室内が明るくなったことで、その声の主の姿が見えた。七ツ森源子博士。黒縁メガネの似合うかわいい人だった。


耕平は専門家の意見が聞きたくて、ベテルギウスが見えない、ということを七ツ森博士に話した。七ツ森博士は、彼の話にとても興味を示した。

「となりのおうし座にあるアルデバランは見えるの？」

「はい、ばっちり」

「おかしいなあ。アルデバランよりベテルギウスの方が明るいんだけど」

「七ツ森博士はどう思います？　科学的にありえないですよね」

「みなこ先生でいいよ」

見えない理由は、みなこ先生にもわからない、ということだった。

みなこ先生は、ベテルギウスというのがどんな星なのかを教えてくれた。

ベテルギウスは、地球から642・5光年離れていると言われている。この「光年」というのは、光の速さで何年かかる距離か、という意味。だから、今空に見えている星は、実は今の姿ではない。例えば北極星は、431光年離れているので、今私たちに見えている北極星は、431年前の光、ということになる。

ちなみに、太陽系の中の星でいうと、土星までは光の速さで1時間11分かかるし、火星は5分かかる。つまり私たちが見ている土星は、1時間11分前の土星。火星は、5分前の火星ということ。近いと思える月でさえ1・3秒のタイムラグがある。

つまり、今見ているベテルギウスは、642年と半年前の姿ということ。そして、この星は「超新星爆発」というのを起こしている可能性があり、実際にはもう存在していないかもしれない星なんだそうだ。なぜ今見ることができているのかというと、光が消えたという現象がまだ地球に届いていないから、とのことだった。耕平は、みなこ先生のこの説明を完全に理解できたわけではなかったが、わからないなりにひとつの解釈を得た。

「ベテルギウスはもうないから、僕には見えない。でも僕以外の人には、ないのに見えている光がある」

その後、ますます天体に興味を持った耕平は、カメラで天体写真を撮ることを覚えた。なんと、ベテルギウスは写真には写るのだ。カメラのレンズに彼と同じような現象は起きない。きちんとそこに届いた光を画像として捉えてくれる。耕平は、自分の目と、カメラというもうひとつの目を持つことで、自分が他人と違うという穴を埋めることができた。

カメラの腕はどんどん良くなって、大人になった耕平は東京の撮影スタジオに就職した。耕平は照明のセッティングが好きだった。被写体を全方向から照らして影を消したり、わざと偏らせて陰影をつけたり。スタジオは、光と影を完璧にコントロールできる最高の空間なのだ。

憧れの東京。休日には趣味の写真を楽しんだ。ビル群や立体的に入り組む高速道路など、未来都市を撮りまくった。

けれど耕平には、人が多い東京に住んだことで、恐れるようになったことがある。

あるとき、大きなスクランブル交差点で信号待ちをしていた。横断歩道の向こう側には大勢の人。その日は日差しが強く、汗を拭くサラリーマンや、日傘をさしている女性の姿も多かった。その中に、明らかに異質な老人がいた。光っているのだ。いや、正確には光っているのではなく、影がないのだ。まるでスタジオで作った完璧な照明のように、あるいは透明なアクリルの塊のように、その人にだけ影がなかったのだ。信号が変わり、人々が歩き出した。耕平が道を渡りきったあたりで、後ろから人が騒ぐ声がする。振り向くと、交差点の真ん中あたりで、さっきの光っていた老人が倒れている。周りにいた人たちが慌ただしい雰囲気で、医者はいないかと呼びかけたりしていた。耕平は、少年の日のひまわりを思い出した。あの現象だ。

物体はなくなる前に、影が先になくなる。

もし影がない人を見つけてしまったら、数分以内にその人はこの世からいなくなる、ということなのだ。彼はもう、その光景を見たくなかった。

だから、東京の風景写真は、できるだけ人のいない場所と時間を選んで撮影していた。そういった意味で、日曜日の朝のオフィスビル街は、絶好の撮影ポイントだった。

★

いつものスタジオ勤務。その日は、子供向けの雑誌のための撮影だった。「ちきゅうのふしぎ」というページに使う写真で、スタジオには化石や隕石などがずらりと並んだ。そしてなんと、それらを提供してくれたのは東京宇宙科学館。持ってきてくれたのは、七ツ森源子博士。あのみなこ先生だった。その雑誌の監修に入っていたのだ。挨拶をしたら、みなこ先生も耕平を覚えていてくれた。撮影終了後、スタジオを片付けていたら、ロビーで彼女は待っていた。

「ちょっと、あのこと、また話聞いていい？」

みなこ先生は、あのときの耕平からの質問を、ずっと気にかけてくれていた。やたら書き込まれたノートを広げ、良さそうなボールペンをノックしながら、あらためて耕平にいろいろ聞いてきた。

ベテルギウスのことだけではなく、その他の天体観測にまつわることや、ほかにも日常の中に似たような「見えない事例」があるかどうか、など。耕平はひまわり畑の話や、影のない人の話などをした。ボールペンのノック音が止まった。みなこ先生はある仮説に至ったようだ。

「耕平くん、今度の連休、ちょっとつきあってくんない？」

「え？」

「実験」

連休初日。耕平は、東京宇宙科学館にある、みなこ先生の研究室に呼び出された。実験室のようだが、カーテンレールにはてるてる坊主がぶら下がっていたりして、少しのかわいげがある。

みなこ先生は、椿の盆栽を持って現れた。白衣の女性と、盆栽。なんとも良いミスマッチだった。

「一枚いいですか」

耕平は写真を撮った。

陽の当たるところに大きな会議テーブルを移動させ、盆栽を置いた。そして、見やすい位置に椅子を置き、みなこ先生は耕平を座らせた。

「これは、予測できない変化のための生体サンプル。花の影を見てて」

空はよく晴れていて、テーブルに椿の影がくっきり現れている。てるてる坊主の効果か。耕平は言われるがままに影を見る。みなこ先生は、ストップウォッチを持って、耕平を見る。夕方まで粘ったが、何も起こらなかった。その日は解散。また翌朝に再集合。

二日目、今日も晴れ。再び椅子に座り、椿の影に目を凝らす耕平。そんな彼を見るみなこ先生。今日も何も起こらなかった。椿の盆栽はあんがい丈夫だ。

三日目、連休最終日。てるてる坊主の効き目は持続中。実験中は、食事も椿の前でとった。

初日と二日目はコンビニのおにぎりだったが、今日はみなこ先生がサンドイッチを作ってきてくれていた。

「おいしいです」

と言いかけた瞬間、何の前触れもなくそれは起きた。

「花の影が消えました！」

耕平は無意識に叫んだ。みなこ先生はすかさずストップウォッチを押した。そして数分ののち、一輪の椿が、ボトッと落ちた。

「8分19秒……。そうか、そういうことか……」

8分19秒。この中途半端な時間、天文学者にとってはよく知った数値なのだそうだ。それは、太陽の光が地球に届くまでの時間だ。

みなこ先生は実験の様子をビデオカメラに記録していた。「花の影が消えました！」という耕平の声はしっかり記録されていたが、映像の中では影は消えていなかった。でも確かに耕平には、この瞬間に影が消えて見えた。そして、画面右下のデジタル数字が8分19秒ぶんだけ進んだところで、落花。同時に、テーブルに現れていた椿の影も消えた。

みなこ先生はまとめるように言った。

「耕平くんには、光のタイムラグがないということだ」

みなこ先生の見解はこうだ。太陽から放たれた光は、8分19秒かかってここに到着するが、耕平にはそれよりずっと前に、光が見えている。彼にとっては、太陽の光が0秒で届いているということなのだ。

見えているのに存在していないベテルギウス。光にタイムラグがない耕平にだけは、存在しないベテルギウスは、見えない。

「最初はね、耕平くんには未来の宇宙が見えているのかと思ったの。予知能力みたいなのがあるのかなって。でもその正体は予知能力ではなくて、タイムラグのない視覚ってことなのよ。現象としてはこういうことで説明がつくわ」

みなこ先生が黒板を使って説明してくれた。

ものを見る、ということは、ものに光があたって反射し、網膜に届き、「見える」という状態になるということ。だから、暗いと見えないし、明るければ見える。

そして太陽の光は、地球に届くのに8分19秒かかっている。太陽から光が放たれ、8分19秒後に地球に届き、木や人や建物に当たり、地面に影が落ちる。

今、自分の足元に落ちている自分の影は、8分19秒前の太陽から届いた光によるもの。しかしタイムラグのない耕平にとっては、本当の意味でリアルタイムの太陽が見えているのだから、その太陽によってできる影もしかり。

彼がビルの影の中で撮影をしていたとき、忽然とその場所が日陰ではなくなった。何が起こるのかはわからなかったが、とにかくもうすぐこの建物が消える、ということはわかったのだ。これが彼の、8分19秒先の予知行動の仕組みである。

何かが解決したわけではない。8分19秒という数値と、それに当てはめられる理屈を発見しただけであって、肝心の「なぜそうなるのか」ということはわかっていない。それでも耕平とみなこ先生は、三日間の実験の成果に、なんだか達成感を覚えていた。二人は居酒屋に行き、なんだか呑んだ。

みなこ先生は「この謎に私はまだ挑むんだぞ！」と、かわいく酔っ払っていた。耕平は、実験の最中ずっと見られていたから、それを取り返すようにみなこ先生を見ていた。結局、全部みなこ先生が奢ってくれて、解散。

帰り道、耕平は夜空を見上げた。ベテルギウスはやっぱり見えなかったけど、耕平は笑顔だった。

★

翌日から、またいつもの日常が始まった。耕平は自分の特殊な視覚のことを理解はしたが、だからといって日常には何の影響もなかった。ただ少しだけ、不安がなくなっていた。今まで、この謎を一人で抱えていた。でも、もう一人じゃない。みなこ先生の存在という安心感があった。

休憩時間、スタジオの同僚たちが、テレビのニュースを見ている。

「また陥没事故だってよ。最近続くなあ。おい耕平、お前容疑者だったんだろ？　白状しろよ。なんてな。……おい、おいって、耕平」

「え？　なに？」

25歳の健康な男子、棚田耕平、みなこ先生のことで頭がいっぱいだった。耕平はみなこ先生に連絡した。

「明日、お会いできませんか。お渡ししたいものが」

「大丈夫よ。あ、プラネタリウム見にくる？　プログラム新しくなってるよ、天の川のやつ」

耕平は喜び勇んで宇宙科学館に行った。

「星には寿命があります。白い星は、若くて大きい高温の星です。赤い星は、燃え尽きようとしている老いた星です。オリオン座には、ベテルギウスという赤い星と、リゲルという白い星があります。この二つの星は、平家星と源氏星と呼ばれています」

プラネタリウムの丸い空間に優しく響くみなこ先生の声は、相変わらず最高だ。

「あれ、耕平くん、なんかオシャレしてない？　今日なんかあるの？」

「いや、別に……」

みなこ先生は鈍感だった。

耕平は彼女に一枚の写真をプレゼントした。盆栽を持つ、白衣姿のみなこ先生の写真だ。

彼女は笑ってくれた。

みなこ先生は、耕平の視覚にタイムラグがない理由について、その後も調べを進めていてくれた。しかし、どんなに文献を漁っても、まったく前例が見つからなかったそうだ。

そして、最終的な結論を叫んだ。

「ごめんなさい、わかりません！」

耕平とみなこ先生は、静かな科学館でうっかり大笑いした。

「カメラはいつも持ってるんだね。屋上行こうか」

「屋上あるんですか？」

「一般の人は立ち入り禁止」

みなこ先生は鍵を開け、耕平を屋上に連れていった。東京一望。耕平はシャッターを切った。

気持ちのいい午後の風に吹かれながら、みなこ先生が言った。

「科学で説明のつかないことって大事なんだよ。そう思ってる学者って、少なくないと思う。だって、科学的に説明できないからお墓まいりには行きません。とはならないでしょ？」

実に納得がいった。

「いやあ、改めて思い知ったよ。ありがとうね、私に相談してくれて」

「いえ、こちらこそ。いろいろありがとうございました。あのお、ベテルギウスのことなんですけど」

「なに、まだ掘り下げる？」

「というか、もうちょい根本的な。そもそも、星がなくなるってどういうことなんですか？」

「星の終わり方にもいろいろあるんだよ。爆発して宇宙のチリになっちゃったり、ブラックホールになっちゃったり。でっかい隕石がぶつかって、はい終了、とかね」

「みなこ先生って、源氏星の源って字ですよね。僕の名前に平家の平が入ってるから、なんかご縁ですね」

「因縁の？」

「いやいや」

「こと座のベガとわし座のアルタイルだったらよかったのにね」

「織姫と彦星」

「正解！　寝ないでちゃんと観てたね」

「もちろんです」

みなこ先生は青空に目を移した。

「今夜はきっと星がきれいだよ」

みなこ先生の美しい横顔に、耕平は思わずカメラを構えたが、シャッターを切らなかった。

「耕平くん、どうしたの？」

耕平から笑顔が消えていた。

「みなこ先生」

「ん？」

「みなこ先生、あのお」

「なによ」

「みなこ先生が……、光ってます……」

「え……？」

耕平は全身の血の気が引くのを感じた。みなこ先生の姿に、影がない。そして次に、自分にも影がないことに気がついた。見渡せば、東京じゅうから影が消えていた。完全に光に満たされた世界。耕平はこれまで生きてきて、こんなに美しい景色を見たのは初めてだった。ずっと見ていたいけど、そうはいかないということは、悲しくも察しがついた。耕平は、みなこ先生に、今自分に見えている景色を正直に伝えた。逃げ場はない。できるのは、ただ、目の前に広がる東京を見ることだけ。耕平とみなこ先生は、どちらからともなく、互いの手を握った。

8分19秒経過。

この惑星が消えたことを、別の星からは、まだ観測することはできない。

砂場の少年について

この物語はフィクションです。実在の人物・団体とは一切関係ありません

幼稚園の教室の中で園児たちが、数字の書かれたカードを使って〝かず〟の勉強をしている。しかし、ひとりの園児だけは、園庭の砂場で黙々とトンネルをつくっている。これには、彼なりの理由があった。

四十分ほど前まで、この砂場には何人かの園児がいて「オレがつくったトンネルが一番長い」だの「オレがつくったトンネルが一番ガンジョウ」だのと言い合っていた。

それを聞いたこの少年は疑問に思った。

「みんながつくったのはトンネルじゃない。山だ。山をつくって、そこに棒で穴を空けて、結果トンネル状のものができたわけであって、〝トンネルをつくった〟というのとは違う」

少年は、山に穴を空けるのではなく、トンネルを内側からつくってこそ、本当の意味で「トンネルをつくった」ということになると考えた。これをみんなに熱弁するも、まったく理解してもらえず、ただただバカにされた。「また梨郎が変なこと言ってる」「梨郎、意味わかんねえ」「しょうがないよ梨郎はバカだから」。梨郎少年、一旦泣いて、ほどなく、泣きやむ。

真のトンネルへの挑戦が始まった。砂で左右の壁面を盛り上げていく。ここまではいい。問題は天井部分をいかにジョイントさせるかだ。砂場の砂はサラサラしていて粘り気がない。トンネル上部が落ちないように固めるのは至難のわざだ。板状のものを利用すればいいのかもしれないが、砂以外の素材は使いたくなかった。みんなと同じ条件の中で成し遂げることに意味があるのだ。

根本的にやり方を変えてみる。山をつくらず、斜め四十五度に穴を掘り進め、さらに反対側からも同じく掘り進め、深さ二十センチくらいのところで地下トンネルが開通。

「できたけど、これじゃダメだ」

確かにトンネルをつくったことにはなるが、これを他の園児に見せても、彼らのトンネルと形状が違いすぎて認めてもらえなそうだと判断した。それに、これでは穴を覗いてトンネルの向こう側を見ることができない。見たい。少年、理想のトンネルに妥協を許さない。

山に棒を刺すのでもなく、地下トンネルでもなく、トンネルそのものを内側からつくる方法にたどり着きたい。試行錯誤の末、こんな工法を思いついた。まず、自分の腕を砂場に横たえて、砂で埋める。じっくり固めて、そーっと腕を引き抜く。これならば、後から穴を空けるのとは違う。自分の腕で内側からトンネルをつくったと言える。

そしてトンネルは完成した。最高の気分だった。しかし、そこにはもう他の園児はいなかった。教室からは、揃って数字を唱える声が聞こえてくる。

そんな梨郎の姿を、優しい笑顔でツチダサチコ先生が見ていた。

「できたね。じゃあ行こうか、梨郎君」

教室に戻ると「なんで梨郎だけ砂場にいたのー？」「♪いーけないんだーいけないんだー」と園児たちに囃し立てられ、また泣いて、また泣きやむ。泣くと涙の線に砂埃がついて、頬っぺたに〝泣き跡〟が残る。帰宅すると母親に「また泣かされたでしょ」と言われる。これが少年の日常だった。

とにかく周りとやることのペースが違ったが、そこには梨郎なりのしっかりとした理由があり、自分のやることを自分で決めていた。しかしこれでは、周りの子供たちと足並みが揃わないのは当たり前だ。

幼稚園の保護者面談で、ツチダ先生は言った。

「梨郎君は、ちょっと他の子と違うみたいです」

母親はツチダ先生に謝っていた。少年は、どうしていいか本当にわからなかった。


「このそうめんの箱もらっていい？」

家に届くお中元やお歳暮の中から、工作欲がムラムラくる空き箱を選んでは在庫を増やす。小学三年生になった梨郎の創作意欲はますます燃え上がっていた。家の廊下の端から端まで、ビー玉がトリッキーに転がる「フクザツコロコロ装置」は、猛烈に邪魔だったのですぐに撤去しなければならなかったが、走破するのに一分以上かかる大作だった。合体ロボのおもちゃなども買ってもらわずに、自作。六十センチくらいの大きなロボの、腕、足、頭をパカパカと胴体部分に収めて、ぴったりと蓋をすると、ただのサラダ油の箱にしか見えないトランスフォーマー。これは、どのおもちゃよりも長く遊んだ。牛乳パックを素材に防水バージョンを試作したが、お風呂に入れた途端セロハンテープがふやけて大破した。

梨郎の工作力は、学校の図工の時間でも炸裂した。その日の課題は「クランク」という仕組みを使ったおもちゃ。針金ハンガーを曲げて空き箱に通し、ハンドル状の部分を回転させると箱の上のものが動く仕組み。同級生たちは、お手本の写真の通りの芋虫や、上下するサッカーボールなど、実に子供らしい、かつ面白くも何ともないものをつくっていた。
梨郎は、その頃話題になっていた航空機事故の様子を動く模型として再現することにした。ジャンボジェットが、ふらふらと不安定に揺れる、不謹慎きわまりない手づくりおもちゃである。

授業の最後に作品の発表会をすることになった。クラスみんなの前で自分のおもちゃを動かして、そのアイデアを説明する。梨郎には常々不思議に思っていたことがあった。自分以外のクラスメイトのしゃべり方だ。彼らは授業中などにみんなの前で発言するとき、普段としゃべり方が変わるのだ。「ええと、ぼくは、サッカーボールが、うごくところを、つくりました。工夫したところは、とくに、ないです」抑揚はほとんどなく、句読点が妙に際立つ。しかも、みんながそうやってしゃべるもんだから、個性がなさすぎてどれが誰の発言だかわからなくなるほどだ。梨郎はそれがとにかく気持ち悪かった。だから梨郎はクラスみんなの前で話すときも、休み時間に友達と話すのと変わらない話し方で話した。これがどうも周りの子供たちには頼もしく見えたらしく、梨郎のくせに一学期だけは、代表委員、学級委員、評議委員というような立場に選出され続けることになる。

梨郎の発表の番になった。飛行機をゆらゆらと動かす。ニュースで聞いた言葉を織り交ぜながら、例の普段通りの口調で、漫談めいたパフォーマンスをした。工作の発表会が終わってから、先生は梨郎の飛行機を没収した。

「あとで職員室に来なさい」

梨郎は「また怒られるのかな」と思った。なぜ航空機事故をモチーフにしたのかというと、テレビでお笑い芸人が政治スキャンダルなどの時事ネタで笑いを取っているのを見たことがあって、ニュースを題材にすれば大人っぽい面白さがつくれると思ったからだ。怒られるとしたら、なんとなくそのあたりを突かれるんだろうと梨郎は想像した。

職員室に行くと、何人かの先生が梨郎のつくった飛行機のおもちゃを取り囲んでいた。男の先生が「うーん、これは解釈が難しいな」と苦笑いしながら、飛行機をクネクネ動かしている。それを見た梨郎は「大人にウケてる」と思った。しかし、担任の先生が梨郎に言った。

「これを、事故に遭った人の、ご家族が見たら、どう思う？」

今すごく大事なことを教えてもらっていると、バカな梨郎にも、よくわかった。

小学五年生の男子たちは、流行りの漫画やアニメの絵をよくノートに描いていた。しかし、梨郎はそんなアニメも漫画も見たことがなかった。梨郎の親は梨郎にそういったものをあまり与えなかった。梨郎が友達の家に遊びに行ったとき、本棚に漫画の単行本がずらりと並ぶのを見て、どういう仕組みでこんな状態になるのか、梨郎にはまったく見当もつかなかった。

男子らは「梨郎は絵は上手いけど、漫画の絵だけは俺の方が上手いな」などと梨郎をバカにした。当然、梨郎は反論する。しかし、どんなに「漫画の絵をマネして描くのと絵が上手いのは違う」ということをきちんと説明しようとも、梨郎が泣くまで男子らは攻撃をやめない。そして泣き出したら、皆、方々に散っていく。ようするに、梨郎はいじめられていた。

クラスの男子らが、少年向けの漫画雑誌を回し読みしていた。当然、梨郎には回ってこない。男子らの漫画雑誌は、先生に見つかってしばしば没収された。学校には漫画を持ってきてはいけないのである。

梨郎は自分でオリジナルの漫画を描くことにした。持ってないからつくる。梨郎にとっては当たり前の選択だった。梨郎はいつも、寝る前に布団の中でお話をつくっていた。設定や登場人物を考えて、ギャグを考えて、最後はなんとなくオチをつける。言葉だけでやるごっこ遊びのようなもの。絵を描くこととお話を考えることが大好きなので、梨郎にとって漫画を描くのはとても楽しいことだった。

オリジナルの漫画で埋め尽くされたノートは、何冊にも増えていった。そのうち、漫画を描く他のクラスの友達ができてきた。さらに学年違いの奴も集まってきた。そこで梨郎は自らが編集長となり、手づくりの漫画雑誌を企画した。手描きの漫画をコンビニでコピーして、千枚通しで穴を空け、糸で綴じて、画用紙の表紙を貼る。名付けて「少年マンガーマン」。

少年マンガーマンは評判を呼び、先生の了解を得て各クラスの学級文庫に置かれることになった。学校にあってはならないはずの漫画が、堂々と置かれている。梨郎はとても誇らしい気持ちだった。

梨郎は小学校を卒業するまでのほとんどの時間を少年マンガーマンにつぎ込んだ。梨郎をいじめていた奴らも、少年マンガーマンをいつも読んでいた。そして梨郎は、いじめられなくなった。

「自分がつくったものでみんなを面白がらせれば、僕は認めてもらえるんだな」

ということを知った。

正月、親戚連中がじいちゃんの家に集まった。梨郎はお年玉を毎年もらっていたが、かねがね疑問に思っていたことを聞いてみた。

「僕は正月になるためになにもしてないのに、どうしてお金をもらえるの?」

すると大人たちは「じゃあ、いらないね?」と言うので梨郎は「もらうはもらう。あけましておめでとうございます」と、受け取って頭を下げた。つまり、この「なぜ金がもらえる

のか」という質問には誰も答えてはくれなかった。（※歳神様に供えた鏡餅が子供たちに分け与えられたことに由来）

梨郎はどんなことに関しても「そういうもんだから」という理由を飲み込むことが苦手だった。

じいちゃん登場。梨郎のじいちゃんは詩人だった。じいちゃんの詩のモチーフは日常のあらゆること。生活、自然、家族、そして生や死も描かれている。梨郎にはそのすべてを理解することはできなかったが、詩の中にある言葉遊びを、いつも楽しいと思っていた。

じいちゃんの新しい詩集をみんなで読んだ。綺麗な活字で印刷されたたくさんの詩をめくる。親戚の誰かが「これはどういう意味なの？」と聞く。じいちゃんは、そのひとつひとつの質問に、ぶっきらぼうに、かつ的確な言葉で返事をしていった。そういうふうに質疑応答が続く中、突然梨郎が会話を遮った。

「意味聞く前に、これ読んでなんにも感じなかったのかよ」

相手は親戚とはいえ、大人への口の利き方としては完全にアウトだ。しかし言いたかったことはこうだ。梨郎は詩を読んで「面白いな」とか「不思議だな」とか「難しいな」とか、いろいろな気持ちになった。それなのにみんなは読んで何かを思う間もあけずに「これはどういう意味なの？」という質問を作者に浴びせている。この状況に、梨郎は気持ち悪くなってしまったのだ。

そんな梨郎のひとことに、親戚一同はシーンとなった。梨郎は「ああ、また怒られる」と思った。するとじいちゃんが言った。

「さすが梨郎はわかってる。梨郎は天才だ」

多少「孫だから」というフィルターはかかっていたかもしれないが、実は梨郎も、自分には何かしらの才能があるんだろうな、と思っていた。そしてときどき「俺って天才かも」なんて思える楽しい瞬間もあった。そんなときに描いた絵や物語は、とても良いものになったので、自分の才能を自分で認めることの大切さを子供ながらに感じていた。

しかし梨郎の母親は、いつも梨郎にこう言いきかせてくれていた。

「間違っても自分のことを天才だなんて思うんじゃないよ」

これは「謙虚でいなさい」というとても大切な教え。けれど、その頃の梨郎はこの言葉を自分の中でどう処理したらいいのかわからず、何年も悩んだ。

中学生になった梨郎は、絵を描くことと物語をつくることにますます没頭していった。相

変わらず、興味のないことは視界にすら入らなかった。当然勉強の成績は最低で、クラスの中で梨郎は「バカ」という位置付けだった。ただし、例えば数学の「図形」や「証明」はただの推理パズルだし、国語の「小論文」はいつもやってることだったから、素直に楽しんだ。いつもテストは赤点の梨郎が突然満点を取ったりしてくるので、先生方もずいぶん戸惑っていた。

梨郎と関わる大人は、往々にして梨郎の良くないところと特性を天秤にかける。これには二種類のタイプがあった。

ひとつは「君には得意なことがはっきりあるのだから、そこを活かせるように頑張りなさい。でも、親御さんに心配かけちゃいかん。ほかの教科も頑張りなさい」という、梨郎の特性を認めたうえで、やることはやんなさいよ、という大人のアドバイスをしてくれる大人な大人。

もうひとつは「成績が悪いなら、興味がなくても勉強しなきゃダメだ。芸術だかなんだかの才能があるかは知らないけど」という、アーティスト差別をする大人。梨郎を宇宙人として扱い、地球人でいなさいと強要してくる感じ。世の中には創作ということに価値を感じない人もいるのだ。

梨郎はこの中学校の文化祭に、小学生の頃遊びに来たことがあった。教室が喫茶店やお化け屋敷に改造されていて、来る人を楽しませていた。梨郎はそんな中学生らを見て、ある勘違いをしていた。彼らがやっていることは、すべて目指す将来のための訓練だと思っていたのだ。喫茶店をやっているクラスは、将来喫茶店を経営したい生徒たちなんだと思っていた。お化け屋敷をやっているクラスは、将来お化け屋敷に就職したい生徒たちなんだと思っていた。いざ中学生になってみたら、それがそういうわけではないとわかって、かなりがっかりした。

梨郎は文化祭などの行事でずいぶんクラスの役に立った。ポスターや看板をデザインして、手書きでレタリングした。黒板に絵が必要なら、消すのが勿体無いくらいのクオリティで描いた。しかしいくら梨郎が造形力を発揮しようとも「勉強はできないくせにこういうときは張り切るんだな」という意味の言葉を吐き捨てるように言う先生は実際にいた。

梨郎、中学三年生。この中学校の文化祭には毎年恒例のイベントがあった。三年生が各クラスごとに演劇をつくり、体育館で上演するというもの。梨郎のクラスもこれに参加する。梨郎は迷わず、脚本演出をかって出た。担任のタキタ先生は、梨郎の才能を認めてくれる数少ない大人のひとりだった。

クラスみんなの前で「梨郎君の脚本に期待しましょう」だなんて言ってくれて、梨郎はすっかり調子に乗った。家に帰って、原稿用紙を広げる。書きあがったのは『動物ズ』という、動物がやたら出てくる物語だった。

翌日、クラス会議でみんなに演劇作品『動物ズ』の内容を説明した。しかし、同級生たちの反応はいまひとつだった。反対する者すらいた。「なんか子供っぽい」「面白くない」「つまんない」散々だった。梨郎が「もっとどういうふうだったらいいかな」とアドバイスを求めると「わかんないけど、もっとなんか、ちゃんとしたやつがいいと思う」というような漠然としたものしか返ってこなかった。

情報通のマエサワ君が、他のクラスの作品の内容を報告してきた。マエサワ君はヤモリのような小柄な男で、とにかくなんでもよく知っていた。クラスの男子の多くは、性の知識を主にマエサワ君から学んだ。そんなマエサワ君によると、隣のクラスは流行っているバラエティ番組の真似事をやるらしい。梨郎は、これが間違った選択だということがすぐにわかった。多くの人にとって共通の話題がテーマなら、多くの人が楽しめるものになるのは確かだ。しかし、この演劇を観に来る保護者や先生方が、その元ネタのテレビ番組を知っているとは限らない。きっとクラスの中心的なグループの奴らが、芸能人の真似をしたくて話を進めているんだろう。

梨郎は、みんながなにを面白いと思うのか、まずはクラス内で共有して、それから書くことにした。そもそもみんなが面白いと思うことってなんだろう。これをみんなに聞いたところで、具体的な提案は出てこないわけだから、ここはうまく答えを見つけ出さなければならない。

　梨郎のクラスの担任のタキタ先生は、身のこなしやしゃべり方などが特徴的な名物先生だった。梨郎は、タキタ先生を話のモデルにしようと考えた。この提案に、クラスは満場一致で賛成した。

　しかしこれだけではまだだめだ。面白さの共有は、タキタ先生を知っているクラスのみんなとしかできていない。タキタ先生の面白さを知らない保護者も観に来るわけだから「共有」というにはムラがある。そこで梨郎は考えた。タキタ先生の少年時代を描くことにしたのだ。「担任の先生の少年時代をその生徒が演劇にする」という企画。これなら、タキタ先生を知らない保護者も企画そのものに興味を持ってくれるはずだ。

　取材スタート。タキタ先生に、みんなの前で少年時代の話をしてもらうことにした。失恋の話、いたずらの話、いじめっ子の話……。クラスのみんなはタキタ先生の思い出話を楽しんでいた。梨郎はクラス全体が見える黒板の横あたりに立ち、みんなが関心を示したり面白がったりしたポイントをどんどんノートに書いていった。

　それからこのデータをフルに活かして、脚本を一気に書き上げた。主人公のタキタ少年に好きな娘ができる、恋のライバルはガキ大将、喧嘩して、彼女が振り向いてくれる。そんな単純なストーリーに、たっぷりのギャグを乗せた。そして翌週のクラス会議。二度目のプレゼンは大成功だった。

制作がスタートした。タキタ先生にちょっと顔が似てるキダ君を主役に抜擢した。クラスの中で一番芸能ごとに興味のありそうなハセさんにヒロインをやらせ、ガキ大将役は本物の不良のフタガワ君にやってもらった。フタガワ君はすごく嫌がってたけど、最後には渋々引き受けてくれた。ファッション大好き女子のサワイちゃんが衣装さん。やる気のあるヤツが大事な道具をつくり、やる気のないヤツにはどうでもいいことをやらせた。音響係は、洋楽大好きな校内最大の男、ミツイシ君。彼がセレクトした曲は、なかなかのハードロック。「絶対これがいい！」と、自信満々の様子。タキタ先生は英語の先生だったので、みんなのために歌詞を翻訳してくれた。

「♪お前の愛は毒薬さ　俺に必要な毒薬さ　注射一本じゃ足りねえぜ」

演劇の内容とはまったくかみ合っていなかったが、ミツイシ君はちょっと癖のある扱いづらい男だったので、めんどくさいからそのまま採用とした。その日から、クラスのみんなはその曲を飽きるほど聞くことになる。

そんな準備期間のある日、衣装のサワイちゃんが泣きそうな顔で梨郎のところにやってきた。

「ミツイシ君にひどいこと言われた」

聞けば、ミツイシ君に衣装のことで文句を言われたらしい。ミツイシ君は衣装の担当ではないし、出演者じゃないからそれを着るわけでもない。つまり、そんな性格のやつなのだ。

ちなみに、梨郎の脚本の第一稿を漠然と否定したのもミツイシ君だった。梨郎は彼のそういう性格を知っていたから、共同作業よりトラブルが少なそうな音響係をお願いしていたのだが、やはりこうなった。

「わかった。ミツイシ君には言っとく。その衣装、すごくかっこいいじゃん！　頑張って！」

そう梨郎が伝えた瞬間、サワイちゃんが急に明るく可愛い顔になった。梨郎は察した。サワイちゃんが梨郎に好意を持ったのだ。しかし今はそこを楽しむ余裕はない。あっちを立てこっちを立て、梨郎は監督として毎日猛烈に働いた。そして演劇作品『タキタ少年物語』は、ゆっくりと完成に向かっていった。

文化祭当日の体育館。全校生徒、先生方、保護者、大勢集まっている。これから始まる年に一度のイベントに、みんなワクワクしていた。演劇発表会が始まった。各クラスが順番に、それぞれの頑張った成果を披露していく。例の隣のクラスのテレビの真似事は、残念ながら下級生たちによくウケていた。

いよいよ梨郎のクラスの番。全員配置につき、梨郎は舞台ソデで台本を持って舞台をにらんだ。他にすることがなかったからだ。幕が上がる。全校生徒と保護者の前で『タキタ少年物語』の上演スタート。練習通りに進んでいく舞台。めちゃめちゃウケた。自分の少年時代がみんなの前で描かれていくタキタ先生本人も、客席で照れ臭そうに笑っている。ラストシーン、タキタ少年の恋が実り、ガキ大将との友情も芽生え、ハードロックが流れて、終演。

舞台上に役者も裏方も全員並ぶ。梨郎も、列の右端に立った。一同、礼。その瞬間、体育館全体からワッと大きな拍手が起こった。梨郎は、こんなに大勢の人の喝采を受けたのは初めてだった。観客席のみんなの顔を見ると、どうもキダ君やハセさんを中心とした役者陣を見ながら拍手をしている。

「そうか、お客さんはこのお芝居を僕が書いたって知らないんだなあ……」

自分が手品のタネになっているみたいで、嬉しかった。先生方の席を見ると、梨郎の才能を一切認めないあの先生も、笑って拍手をしている。あの先生もまた、これを梨郎がつくったと知らない。

そのときである。足の先から頭のてっぺんまで、梨郎の体の中を強烈な何かが走り抜けた。落下するときに内臓が浮くような、全身を高速でアリが這うような、そういう感じの何かがゾワーッと走った。このときは知らなかった言葉だが、これが「裏方冥利」というやつだ。

梨郎は唾をのんだ。

全クラスの作品の発表が終わった。この発表会はコンクール形式になっていて、全校生徒が一番面白かった作品に投票する。そして、校長先生から結果が発表された。

「優勝は、三年A組の『タキタ少年物語』です」

梨郎のクラスは全員で爆竹のように喜んだ。役者のみんなは抱き合って跳ね回っている。あんなに嫌がっていたガキ大将役のフタガワ君も「やったな」と、梨郎にかたい握手をしてきた。衣装のサワイちゃんはもうグチャグチャに泣いている。あの大男ミツイシ君も目頭を熱くしていたが、それを誤魔化すようにテーマソングを英語で熱唱し始めた。そしていつの間にか、クラス全員で歌っていた。最高の思い出とともに、文化祭が終わった。

文化祭が終わって二、三日がたった。梨郎には気になっていることがある。サワイちゃんだ。ミツイシ君とのイザコザを取り持ち、自分に好意を持ったっぽいサワイちゃんと、仲良くなれたりして、なんて思った。サワイちゃんの気持ちに探りを入れてみる。昼休み、梨郎は梨郎のくせに女子に話しかけた。

「いやー、でもあれだよね、楽しかったよね」

「……ん？　なにが？」

「あ、いや、文化祭」

「……ああ、うん」

「いやー、でもあれだよね、大変だったよね」

「……ん？　なにが？」

「あ、いや、演劇」

「……ああ、ね。大変だった」

サワイちゃんのファッション雑誌をめくるスピードがまったく変わらない。結論から言うと、サワイちゃんは梨郎のことなどとくになんとも思っていなかった。あのとき、サワイちゃんが可愛く見えたのは、梨郎に好意を持ったからではない。逆。梨郎がサワイちゃんに好意を持ったからだ。サワイちゃんはそもそも可愛いのだ。梨郎は「ふー」と、わざとらしい呼吸を一発挟んで、その場を無音で離れ、自分の席に座り、ノートを広げ、とくに上演される予定のない『動物ズ』の続きをすごい速さで書いた。

これが、私が作家という職業にいたるきっかけになった五歳から十五歳までの十年間のお話だ。中学卒業後、私は引っ越したので、少年時代を共に過ごした仲間たちとは会わなくなった。みんな元気にしているのだろうか。大学生の時にたまたま駅でマエサワ君に会った。ヤモリだったはずのマエサワ君は、なんだかすっかりオシャレになっていた。マエサワ君は私に、サワイちゃんとミツイシ君が付き合っているらしい、という聞きたくなかった情報を言い残し、反対方面の電車に乗って去っていった。私は「ふー」と呼吸した。

思えば、あの少年時代のすべての経験がこの今の私に繋がっている。作品が舞台で上演されたり、映像化されたり、本として出版されたりしていることを、あの少年時代の私に伝えてやりたい。

私の仕事場は、幼い頃に慣れ親しんだ田舎町にある。そこで物語を構想したり、作品の世界観を絵に描いたりしている。たまに、車で数分のところにある海辺に行く。人のいない砂浜を散歩すると、あんがい頭の中で創作のアイデアがまとまったりする。

腕を砂に埋めて、トンネルをつくってみた。誰も見てないと思ったら、けっこうな数の鳥に見られていた。

この作品は二〇一九年二月小社より刊行された『短篇集
こばなしけんたろう』に加筆修正した改訂版です。

幻冬舎文庫

●最新刊
メガバンク起死回生
専務・二瓶正平
波多野　聖

役員初の育休を取得していた二瓶正平。ある日、専務への昇格と融資責任者への大抜擢を告げられる。嫌な予感は当たり、破綻寸前の帝都グループの整理をするハメに……。人気シリーズ第五弾。

●最新刊
雨に消えた向日葵
吉川英梨

埼玉県で小五女子が失踪した。錯綜する目撃証言、意外な場所で出た私物――。情報は集まるも少女を発見できず、捜査本部は縮小されてしまう。だが捜査員の奈良には諦められない理由があった。

●好評既刊
ご飯の島の美味しい話
飯島奈美

映画「かもめ食堂」でフィンランド人スタッフに大好評だった、おにぎり。「夜中にお腹がすいて困るよ」と言われたドラマ「深夜食堂」の豚汁。人気フードスタイリストの温かで誠実なエッセイ。

●好評既刊
あぁ、だから一人はいやなんだ。2
いとうあさこ

セブ旅行で買った、ワガママボディにぴったりのビキニ。気づいたら号泣していた「ボヘミアン・ラプソディ」の〝胸アツ応援上映〟。〝あちこち衰えあさこ〟の、ただただ一生懸命な毎日。

●好評既刊
真夜中の栗
小川　糸

市場で買った旬の苺やアスパラガスでサラダを作ったり、年末にはクルミとレーズンたっぷりの林檎ケーキを焼いたり。誰かのために、自分を慈しむために、台所に立つ日々を綴った日記エッセイ。

短篇集(たんぺんしゅう)　こばなしけんたろう　改訂版(かいていばん)

小林賢太郎(こばやしけんたろう)

令和4年4月10日　初版発行

発行人——石原正康
編集人——高部真人
発行所——株式会社幻冬舎
〒151-0051東京都渋谷区千駄ヶ谷4-9-7
電話　03(5411)6222(営業)
　　　03(5411)6211(編集)
　　振替00120-8-767643
印刷・製本—中央精版印刷株式会社
装丁者——高橋雅之

幻冬舎文庫

ISBN978-4-344-43179-9　C0195　こ-20-5

幻冬舎ホームページアドレス　https://www.gentosha.co.jp/
この本に関するご意見・ご感想をメールでお寄せいただく場合は、comment@gentosha.co.jpまで。